D E A R + N O V E L

リゾラバで行こう!

篠野 碧
Midori SASAYA

新書館ディアプラス文庫

S H I N S H O K A N

リゾラバで行こう！

目次

イラストレーション／みずき健

リゾラバで行こう！

閑静《かんせい》な高級住宅街。落ち着いたロケーションに不似合いな空気を醸《かも》し出《だ》す二人は、同じ高校の制服を着た先輩と後輩。でも、それだけの関係じゃない。

「こら、マイケル。腕なんて組んでくるんじゃない。僕達は男同士なんだよ？　世間の目ってものがあるだろ？」

そう言ったのは、柳川修一《やながわしゅういち》。整いすぎたパーツにマッチしすぎたスリムリムのメガネが逆に地味な印象を作ってしまっているが、穏《おだ》やかな優しい性格は周囲の信望を集めており、この話の攻《せめ》である。――一応。

「やっとこ期末が終わった解放感ってヤツだよ～ん♪　それに、日本でだって男同士で腕組んじゃいけないって法律はないじゃーーん♡」

そう答えたのは、マイケル・ティアニー。流暢過ぎる日本語を喋《しゃべ》る金髪碧眼《きんぱつへきがん》の小柄な美少年は、そのルックスに相応《ふさわ》しくこの話の受《うけ》である。――一応。

マイケルこと、通称ミッキーは、修一が学生カバンを持っていない方の腕に絡《から》めていった腕を解《ほど》かないまま、可愛《かわい》く拗《す》ねた表情でツンと唇を尖《とが》らせてみせる。

「それに、やなぴーってば、どうしてまだ俺のこと『マイケル』って呼ぶ訳？　親も友達も『ミッキー』って呼ぶのに、よりによってやなぴーだけが『マイケル』って呼び続けてるなんて、俺、傷ついちゃうな～」

「に…苦手なんだよ、愛称とかで呼ぶの。少なくとも、僕が敬称《けいしょう》をつけずに呼ぶのはマイケルだけなんだから……」

「あンのさーっ。『マイケルくん』なんて中年オヤジみたいな呼び方、その年齢でしてたらダサいぜ、ダサダサ！　名前だけは外人なんだからさ」

名前だけじゃなく、見た目だけじゃなく、血統《けっとう》からしてしっかり外人だと思う。ミッキーの両親は二人ともアメリカ人だし、日本人の血が多少でも混ざっているなんて聞いたこともない。

しかし修一は、言っても無駄なことは端《はな》から言わないで苦笑した。

「マ、マ、マイケル。僕自身も他人《ひと》から愛称で呼ばれたり呼び捨てにされるのって、親族以外には慣れてないんだ。ましてや、僕は高校の最上級生で、キミは新入生。先輩に対して、や…やなぴーっていうのも――…」

「もう一学期も終わるのに、未《いま》だ新入生扱いもないじゃん！　それに、俺はやなぴーの特別だろ？　それなのに、その他大勢と一緒にしてなきゃいけないの？　なんで？　それって、やなぴーは本気で俺のこと愛してないってことじゃ……」

「わ――――っっっ!!」

修一は手からカバンを落とすと、ミッキーがすがりついていない方の手で、慌《あわ》ててその唇を塞《ふさ》いだ。いきなり口を塞がれたミッキーは、それまで組んでいた修一の腕をスッポンのように離さないままでムグムグ。

「わ…解《わか》ったよ、マイケルだけは『やなぴー』で良《い》いから、そんなことを往来《おうらい》で口にしないでくれっ」

修一は懇願《こんがん》の口調で言うと、ミッキーがおとなしくなったのを確認してからそっと手を離し、落としていたカバンを拾い上げた。

まだ動揺が抜けきれていない様子の修一に、ミッキーはムーッ。

「なんかな〜。やっぱ……が足りないと思う。国民性なんかに縛《しば》られちゃってさ」

「し…仕方がないだろ？　僕は日本人なんだから……」

「俺、折角《せっかく》ロスで生まれたんだから、そのままロスで育って、ロスでやなぴーと出会いたかったな〜」

人口の30%がゲイ。おまけに同性婚が法律で許されているという生まれただけの故郷を羨《うらや》むミッキーは、絡ませていた修一の腕を力任《まか》せに引っ張って、人通りのない細い路地《ろじ》へと引っ張り込んだ。

「マ…マイケル？」

「此処《ここ》なら、平気だよね？」

言うや否《いな》や、ミッキーは一方的に絡めていた修一の腕を自分の身体に回して、その胸にピトッと引っ付いた。

「ほら、抱き締めたらすっぽり収まるぴったりサイズ。恋人だったら、色々したくならない？　それなのにやなぴーってば、付き合いだしてから三ヵ月以上経《た》つのに何もしてくれないんだもん。せめて、キス、ぐらいは…ね？」

意図的《いとてき》な可愛い口調で迫《せま》り、軽く唇を濡《ぬ》らして大好きな修一を見上げるミッキーは秘儀受顔《ひぎうけがお》の威力《いりょく》を発揮《はっき》する。しかし、修一はピキーンと固まってしまって直立不動。

（ちっ、またダメか）

修一の腕の中でミッキーが舌打ちした、その時――…。

「Excuse me.」

背後からかけられた声に、二人はギクッと振り返った。

そこに立っていたのは、アメリカンコミックに出てくる典型のようなのっぽの外人男。現地人の人気《ひとけ》さえないこんな路地に、なんだって外人がいるんだ？　……迷子だから、と言ってしまえばそれまでだけど。

彼はミッキーを見ると同時にホッとしたように、真っ直《ます》ぐにミッキーへと話しかけた。

「Where is the railroad station?」

「え？　えっ⁉」

「Pardon?」

オロオロするミッキーに、外人男は怪訝《けげん》そうに眉を顰《ひそ》める。それにようやく呪縛《じゅばく》から解《と》けた修一は、何気なくミッキーから腕を外しながら答えた。

〈駅でしたら、そこの角を折れて真っ直ぐ進み、コンビニを左手に曲がってしばらく行けば突

き当たりますよ〕
〔あ…ああ、助かりました。ありがとう〕
明らかな日本人から答えを受けた外人男は、咄嗟《とっさ》に修一に向けた視線を改めてミッキーへと返し、再度修一に向き直った。
〔日本は英語が通じにくくて困っていたのですが、日本には髪を金髪にするだけじゃなく、瞳を青くする若者もいるんですね？　顔立ちも日本人には見えないのに——…〕
〔彼は……その……特別だと思いますよ〕
苦笑する修一に、頓狂《とんきょう》な顔をしながらも外人男はもう一度礼を言ってから去っていく。
その後ろ姿を見送りながら、
「ったく。見た目がアメリカ人ってだけで英語が喋れると思うなよ。何言ってっか解んねーってんだよ、バーロー」
と中指を立てて毒づくミッキーに、先刻《さっき》の受っぷりは微塵《みじん》も残っていない。
修一はやれやれというように、ミッキーの受モード発動によって中断させられていた台詞《セリフ》を仕切り直した。
「そうだね。ロスで育っていれば、アメリカ人なのにこんなに英語で苦労することもなかったのにね。
『Where is the railroad station?』……あの人は『駅は何処《どこ》ですか？』って聞いてたんだ

よ。今のを解ってもらえなかったなんて、キミの英語の家庭教師としては自信をなくすなぁ」

「だ…だってさ！　いきなりあんな外人発音で言われたら、聞き取れねーよっ‼」

「それで、期末最終日の今日、問題の英語があったんだよね？　手ごたえはどうだったの？」

「でもさ、思ったんだけどさ、ロスで育ってて英語バリバリだったら、やなぴーに家庭教師してもらうこともなかったんじゃん？　それで二人の大切な時間がなくなってたかもって思うと、やっぱ俺は日本で育って正解だったと思う訳なんだわ」

「……マイケル……」

「うん。二人の為に世界はあるんだし、それが日本でもアメリカでも関係ないよな。そう、二人の仲には俺の英語の成績も関係ない」

キミのその成績が問題だから、僕は家庭教師をやってるんだろう？　…という言葉を修一は飲み込んだ。そんなことを言ったら墓穴《ぼけつ》なのは解っている。

『それじゃ、俺の英語の成績も二人には大切な絆《きずな》じゃーん♡』

ミッキーが元気一杯そう答えてくるのは必至《ひっし》。大体、ミッキーはまともに人の話を聞きゃしないんだから。

(それにしても、ここまで露骨《ろこつ》に話を逸《そ》らすというのは……聞くだけ心が痛い手ごたえだったんだな☆)

修一はそっと溜息《ためいき》。またしても小猿《こざる》のように腕に貼り付いてきたミッキーをぶらさげて路地を出た。

　T字路で修一《しゅういち》と別れて帰宅したミッキーがリビングに踏み込むと同時、母親のサマンサが満面の笑顔で出迎えた。

「Hello,dear.」

「あぁ？　何がハローだよ？　学校から帰っただけの自分の息子に、馬鹿《ばか》かテメーは」

　鼻に皺《しわ》を寄せて言ったミッキーに、サマンサは笑顔のままで履《は》いていたスリッパの片足を脱ぐとそれを手に取る。

「そうよ。だから『おかえり』って言ったんじゃない。――コンの馬鹿息子がっ」

　パコーンッ…とミッキーの頭でスリッパが良い音を鳴らす。

「ったく、これじゃ今日のテストの出来は、聞くだけ無駄ね」

「ってーなぁ。解《わか》ってんなら聞くなよ」

　パコパコーンッ。ミッキーの頭で、さっきより勢い良くスリッパが鳴った。

「反省の色がないっ！　生粋《きっすい》のアメリカ人として、少しは恥じなさい!!」

「だったら製作過程でＤＮＡに英語も仕込んどけよ！　英語の喋《しゃべ》れない息子を作るなんて、アメリカ人夫婦として少しは恥じろよなっ!!」

「――コンのーっ!!」

三度目にサマンサが振るったスリッパは流石《さすが》に空振《からぶ》り。ヒョイとそれを避《よ》けたミッキーは、サマンサの横を擦《す》り抜《ぬ》けた。

(だって、ハーフでもないアメリカ人なのに、俺が日本語しか喋れなくなる環境で育てたのはおまえら夫婦だろーが☆)

さすらいの化学者、父ジョージが日本に移り住んだのはミッキーが生まれた半年後。

『研究者にとっては、生活環境は一番重視すべき点だからね。日本の四季というのは、実に魅力だよ。また、アメリカやヨーロッパでは見られない無秩序《むちつじょ》な町並みもホッとするねぇ』

そんな理由でロスから引っ越してきた日本。かてて加えて、

『郷《ごう》に入っては郷に従えだよ。まず、コミュニケーションが不自由では、生活自体が不自由になる。それじゃ、その土地に住む意味が半減だ。これからはプライベートでも日本語だけでコミュニケーションし、早く日本語をマスターしようじゃないか』

というジョージの提案で、当時、日本語などまったく解らなかった夫婦は日本語オンリーの生活に入った。

ジョージは殊《こと》のほか日本が気に入り、さすらいの化学者を廃業してただの化学者になるぐらいすっかり日本に定住。サマンサも不満なくダーリンとともに日本にとっぷり。プライベート

でも日本語だけでコミュニケーションし、『早く日本語をマスターしよう』を廃止しないままきてしまった年数に、夫婦…というより妻が本格的に愕然《がくぜん》としたのは、息子が高校受験を控《ひか》えた頃になってからだった。

日本語オンリーの家庭環境で、大人よりも子供の方が吸収性は断然高い。自分達よりも発音良く日本語を喋るようになった息子に、妻は『天才かも』と喜んだ。英語が学業カリキュラムに本格的に入ってきた中学の成績表まで『冗談ばっかり』と受けてしまっていたのは、受け狙いな息子の性格を下手《へた》に把握《はあく》していた故《ゆえ》の親の落ち度だった。

母国言語はDNAに組み込まれているのではなく、成長過程で脳が学ぶものという理屈は考えてみれば解るけど、アメリカ人が英語を喋れなくなる可能性なんて、日常生活の中でアメリカ人夫婦はあえて考えてみたこともなかった。

問題に直面してから家庭内英語解禁《かいきん》にしたところで、それにチンプンカンプンの息子は英語に聞く耳も持ちやしない。

「ダーリンは、『ミッキーは面白く育ったなぁ』なんて笑って言ってるけど、息子が英語を喋れないなんて、あんたに言われるまでもなく恥よ、恥。私はしっかり恥じてるわよ。ああ、私は絶対に育て方を間違えた」

手にしたスリッパを口元にあて、サマンサはブツブツと今更な愚痴《ぐち》をたれる。それを尻目《しりめ》にテーブルに置いてあった焼き立てのスコーンを手に取って口に運びながら、ミッキーはこの時刻なら大概《たいがい》は此処《ここ》でサマンサとイチャイチャしながらコーヒーブレークしてる筈《はず》のジョージの姿がないことに気がついた。

「サム。親父、今日はまだ研究室《ラボ》に籠《こも》ってんの？」

「パパとママって呼びなさい。見た目だけは私に似て可愛《かわい》いし、金髪で青い目なのに、パパのことを親父だなんて」

「パパとママ～？　ガキじゃないんだから。んで、ジョージは？　また研究にトリップしてるん？」

「──別府《べっぷ》よ。別府湾が一望《いちぼう》できるとこに、研究室だけじゃなく露天風呂《ろてんぶろ》も付いてる別荘を建ててもらうんですって」

「またかよ？　馬鹿な子ほど可愛いって言うけど、じーちゃんってば馬鹿息子に甘すぎ！」

「自分の父親を馬鹿息子なんて言わないのっ!!　ジョージは天才よ！　何個も特許《とっきょ》を取ってお じいちゃまの製薬会社に貢献《こうけん》してるんだから、別荘はボーナス!!」

「毎度高いボーナスだなぁ。おまけに、水虫の薬とか研究してるののどこが天才だよ？　嫌な天才を親に持っちゃったよな～」

「ジョージの研究でゴハン食べさせてもらってる身で、なんてこと言うの!?　馬鹿息子はあんたでしょーが！　水虫の薬だって、一発で治るような新薬開発すればノーベル賞ものなんだからねっ!!」

最愛の夫を愚弄《ぐろう》されてキーキーとヒステリーを起こすサマンサのスリッパ攻撃をヒョイヒョイとかわし、二つ目のスコーンを口にくわえたミッキーはさっさとリビングから逃げ出した。

「ごっそさーん」

「お待ち、ミッキー！　まだ話は終わってないわよっ!!」

サマンサの引き止めに引き止められる筈もなく、ミッキーはさっさと二階に上がって自室に飛び込んだ。そこでスコーンに口をモグモグさせながら、一人悪魔の微笑《ほほえ》み。

「――別荘…ね」

父方の親族は派手に成功している実業家ばかりで、特許云々《うんぬん》の有難《ありがた》みなんて解らないミッキーには、日頃のジョージの姿を見ていると道楽《どうらく》で研究事をしているだけの穀潰《ごくつぶ》しにしか思えない。

(それでも、たまには役に立つじゃん)

趣味なんだか仕事なんだか解らない研究に没頭《ぼっとう》しすぎたジョージが過労で倒れた時、当然として運ばれた近所の大病院。その院長の息子である修一と出会い、修一に家庭教師になってもらえたのは、ジョージが入院してくれたお陰《かげ》だ。

そして、別荘。建ててくれているのは祖父であろうと、数々の別荘の持ち主はジョージ。自分はその息子。

「そうだよな。もうすぐ夏休みだもんな」

ミッキーはここで一つの野望を持った。

〔いらっしゃい、修一《しゅういち》くん〕

〔こんにちは〕

毎週水曜の家庭教師日。ティアニー家を訪れた修一をリビングに迎えると、サマンサはミッキーに発破《はっぱ》をかけるように英語で修一に話し掛け、修一もサマンサの意図に倣《なら》う。

〔お勉強の前にお茶しましょう。今日はチェリーパイを焼いたのよ〕

〔それじゃ、遠慮なく……〕

サマンサのいつもの申し出に、修一はテーブルのいつもの席に腰を下ろす。会話の内容が解《わか》らないことにブスッくれながらも、毎回のシチュエーションだけは把握《はあく》してるミッキーは、テーブルを挟《はさ》んで修一の前に座った。

「俺、チェリーパイだったら紅茶よりコーヒーが良《い》いな」

「ハイ〜？　ワタシニホンゴワカリマセ〜ン」

わざとらしい外人発音でそう切り返したサマンサに、ミッキーは一層《いっそう》ブスッとむくれる。それに修一は苦笑した。

〈御両親ともアメリカの方なのに、日本人の僕が英語の家庭教師を頼まれるなんて最初は不思議だったんですけど――…〉

〈今なら充分《じゅうぶん》解るでしょ？　この子の性格じゃ、私達だと教えられないのよ。それに、日本の学業としての英語は、逆に私達の方が解らないところもあるから〉

〈それは日本でも随分《ずいぶん》前から問題視されてますよ。本当は文法より前に実用英語なんですけどね〉

〈ふふっ。でも、そのお陰で修一くんと親しくなれたわ。このまま、修一くんが息子になってくれたら最高〉

〈え……？〉

〈あら、だって、ミッキーとそーゆう関係なんでしょ？　修一くんも物好きよねぇ。ミッキーが可愛《かわい》いのなんて顔だけじゃない。修一くんなら、他にいくらでも良い子がいると思うのに……って、私としては息子のステディがあなたで嬉《うれ》しいんだけど〉

なんでもないことのように言いながらチェリーパイを切り分け、三人分のコーヒーを淹《い》れるサマンサと、頬杖《ほおづえ》をついてブスッくれ続けているミッキーを交互に見た修一は、困ったように嘆息《たんそく》した。

アメリカ人の感覚は、やはりアメリカ人。しかし、修一はあくまで日本人だった。

〈僕はマイケルが…好き…ですよ。でも、そのことは……〉

〔はいはい、誰にも言わないわよ。他に知ってるのは、ジョージだけだから。此処《ここ》は日本なんだもの、仕方がないわよ〕
〔あとは、うちの姉も〕
〔あら、夕香《ゆうか》ちゃんも知ってるの？　じゃ、ミッキーは完璧《かんぺき》日陰の身って訳じゃないのね〕
〔──すみません〕
〔やぁだ、冗談よ。此処は日本なんだから、仕方がない…っていうより、それが当たり前なんでしょ？　それに、ミッキーはライト過ぎるし我慢もない子だから、一つぐらいそーゆうのがあった方が良いのよ〕
申し訳なさそうに詫《わ》びる修一に、サマンサは気にしたふうもなくケラケラと笑った。それでも、修一の表情から気まずさは去らない。
ブスッくれていたミッキーは、修一の表情の変化にブスッくれを睨《にら》みへとコンバートさせてサマンサに鋭《するど》い眼光を向けた。
「サム。やなぴーに何言ったんだよ？」
〔知りたかったら、英語で会話にまざんな、馬鹿《ばか》息子〕
「何言ってっか解んねーってんだよ☆」
意地の悪い母親にミッキーは早々に降伏《こうふく》。睥睨《へいげい》からブスッくれに戻るよりも、目前に置かれたコーヒーとチェリーパイに意識を向ける。一瞬とはいえミッキーの反応に、修一も表情を改めてコーヒーカップを手に取ると、下手なフォローよりも話題を当初のものへと戻した。
〔――確かに、マイケルは殊のほか英語には諦《あきら》めが良いですね。でも、それはおばさんに対してだけじゃなく、僕に対しても似たようなものですよ〕
〔あら、似たようなものっていうのは、結局、違うものってことでしょ？　私達の英語なんてミッキーは聞く耳も持たないけど、修一くんが教えるなら最低限理解しようとしてるんだろうし、それで理解できないのはミッキーが馬鹿だからよ、馬鹿〕
〔は…ぁ〕
〔修一くんは受験生だっていうのに、面倒《めんどう》かけててごめんなさい。負担になったらいつでも言ってね〕
サマンサはもっともなことを言ってくれるけど、受験に備《そな》えてバイトを辞《や》めるなんて言ったら、それこそミッキーが、
『俺と受験とどっちが大事なんだっ!?』
と大騒ぎするのは目に見えている。本来、バイトなんて小銭稼《こぜにかせ》ぎは必要のない柳川《やながわ》記念病院の後継《あとつ》ぎ息子なのに、こんなことをやりだしたのだって、半分はミッキーに押し切られたようなものだった。
ミッキーの高校受験が済むまでのつもりで始めて、現在まで続いてしまっているバイト。それでも、修一は秋には御役御免《おやくごめん》を考えていた。担任にも志望大学は99％大丈夫だと太鼓判《たいこばん》を押

されているが、残り1%でコケたらシャレにならない。でも、本当の理由はそれじゃない。

（このバイトが楽しいから続けてきてしまったけど、僕は……やっぱりマイケルが好きなんだよな）

最悪、ミッキーが納得してくれない場合はサマンサを通すしかないだろうが、できればミッキー自身に納得してもらいたい。そうじゃなければ、バイトからだけ解放されても受験に身が入らない。

（……好き……なんだけど……）

自分が同性の恋人を持つようになるなんて思いもしなかったのに、ミッキーの勢いに流されるようにして恋人になってしまった。だが、それでも、ミッキーを好きだという修一の気持ちは本当だった。ただ、表面的な『好き』のテンションはまったく釣《つ》り合《あ》っていないけれど。

〔それにしても、修一くんも熱心よね。試験休み中にまで、家庭教師がお休みじゃないなんて……〕

それに修一は、『えっ？』とサマンサを見るよりも、『どういうこと？』とミッキーを見るよりも、『やっぱり』と苦笑してしまう。

『試験休み中も夏休みも、家庭教師は続行《ぞっこう》だよ。だって、水曜は水曜じゃん。サムもそう思ってるぜ』

そう言ったミッキーの言葉にあっさりと此処《ここ》にいるのは自分だった。それは、やっぱり好きの気持ちが少なからず働いてしまっているからで、だからこそ――…。

(秋にはこのバイトを辞めなきゃ…な)

修一はムスッとしながらチェリーパイを頬張《ほおば》っているミッキーを見て、零《こぼ》しそうになった溜《ため》息《いき》をそっと飲み込んだ。


「いつも俺だけ仲間外れにしてさーっ」

「毎度恒例《こうれい》。勉強に入る前にああいう状況があると、早く英語をマスターしようって発奮《はっぷん》できるだろう?」

「ちぇーっ。んで、サムと何話してたんだ?」

サマンサとのお茶の時間を終わらせ、勉強の為にミッキーの部屋へ入るや否《いな》や、それを聞いてきたミッキーに、修一《しゅういち》は冗談ごかしにその質問をかわす。

「それを知りたかったら、おばさんと僕の会話を早く自分で理解できるように、しっかり勉強しようね」

修一は中々《なかなか》勉強態勢に入らないミッキーを勉強机の椅子に無理矢理座らせると、隣に引っ張ってきた回転椅子に自分も腰を下ろしながらさっさと教科書を開く。

「それじゃ、期末テストの復習…よりも、今日から夏休み前半までで一学期の復習を丸々やってしまおうか」

「えーっ？　一学期分丸々〜っ⁉」

「理解してるなら、復習は必要ないよ」

「いや、あの、ほらっ！　家庭教師って週一しかない訳だし、それで一学期分丸々復習するってのは無謀《むぼう》じゃないかな〜…って」

「一度やったところだろ？　時間、取り過ぎなくらいじゃない？　夏休みの後半は、二学期の予習をやるよ」

「――う…っ」

「はい。時間が足りないと思うんだったら、さっさとノートを開こうね」

修一の方が先に勉強態勢に入ってしまい、ミッキーも仕方なくノートを開いてシャープペンシルを手に取る。けれど、文法を解《わか》りやすくまとめて説明していく修一に、ミッキーの意識は明後日《あさって》の方向を向いたまま。

（やなぴーって、やわらかくて気持ち良《い》い声してるよなぁ。喋《しゃべ》ってる内容に色気がないのがいただけないけど。それに睫毛《まつげ》。メガネのワイパーになりそ）

勉強そっちのけで自分の顔を見つめているミッキーの毎度のパターンに、修一はこれまたお決まりに一度説明を中断する。

「何見てるの？」

「やなぴーの顔♡　イイ男だよね。睫毛は分けてほしいぐらい長いしさ」

「マイケル。いつも言うけど、僕は家庭教師に来てるんだよ？」

「やなぴー。いつも言うけど、俺の立ち上がりが悪いのは今に始まったことじゃないじゃん？」

　悪びれようともしないミッキーに、ここでまた修一がミッキーの意識を勉強モードに持っていくのが常《つね》。

　修一のバイトはミッキーの家庭教師であって、子守りじゃない。

（こっちが環境を整えなくてもマイケル自身がやる気になってくれなきゃ、僕が家庭教師をしてても意味がないじゃないか。そりゃ、好きな人と一緒にいられるのが嬉《うれ》しいって気持ちは解るけど）

　受験生が自分の受験勉強の時間を割《さ》いているというのに、当の教え子がコレというのは……恋愛感情でもなければやってられない。でも、その恋愛感情が修一には問題だった。

　しかし、今はその問題から目を逸《そ》らし、ミッキーをやる気にさせる為のエサを思案しながら、修一は説教じみた前口上《まえこうじょう》を述べる。

「夏休み前半までで一学期の復習を丸々やるっていうのが無謀に思えるぐらいだったら、キミも立ち上がりが悪いなんて言ってちゃダメだよ」

それにミッキーは、自らエサを見つけて食らいついてきた。

「そうそう、夏休み！　八月は俺の誕生日があるじゃん？　その日を挟《はさ》んで、二人で親父《おやじ》の別荘行かない？」

「え？」

「恋人だってのに、俺達デートもしたことないじゃん。だから、この夏は一緒に旅行しようよ。やなぴーとだったら、うちの両親は絶対に反対なんてしないしさ」

「――そうだね。キミの英語の成績が中学時代より上がってて、八月一週目までに一学期の復習をクリアできたら、二週目のキミの誕生日に旅行を考えてあげるよ」

ミッキーを勉強モードに押し込む良い切《き》っ掛《か》けとばかりに、修一は八割方不可能でもまったく可能性がない訳じゃない条件をつけて軽く返してしまった。それは、ミッキーにとってはしてやったり。

修一が切り返してきた条件は厳しい。しかし、成績なんて結果が出てみなければ判《わか》らないという山師《やまし》感覚《かんかく》に簡単に行き着いたミッキーは、一学期の復習の件は成績が判ってから考えれば良いと、修一に向かってニッコリ。そして、そこでふと見つけたチャンスも逃《のが》さない。

「んじゃ、約束♡」

ミッキーは首を伸ばすと、修一の唇にヒョイとキス。

唇に触れたミッキーのそれの感触に、修一は一瞬固まり、次の瞬間にバッと唇に手を当てると、ガタッと椅子を鳴らして立ち上がっていた。

「僕のファーストキス…っ‼」

「えっ？　やなぴー、ファーストキスだったの？　やなぴーからしてくれるの待ってても埒《らち》があかないと思ってたら、そーゆうことだったんだぁ。わーい、儲《もう》けーっ♡」

またしても悪びれない…だけじゃなく、修一にとってファーストキスということは、二人にとって初めて交《か》わすキスだったというのに、ミッキーはそれへの感慨もなく平然と言う。

「俺、ファーストキスはサムだと思うんだけど、見た目が外人だからさぁ。幼稚園の時、同じ組だったマセガキ女に唇奪われちゃったんだよなー」

「よ…幼稚園の時？」

「もちろん、打《ぶ》っ飛《と》ばしたけどね」

「な…殴ったのかい？　女の子を⁉」

「幼稚園児に男も女もないだろ？　あ、大丈夫大丈夫。俺、アメリカ人だから唇の汚れは汚れのうちに入らないし、身体《からだ》の方はバージンだから」

何が大丈夫なんだろう？　どこが大丈夫なんだろう？　それに、どうして、交わしたキスからバージンなんて単語にまで飛躍《ひやく》するんだ？

ゾクリ…と、修一の背筋を悪寒《おかん》が走る。

（もしかして僕は、とんでもない約束したんじゃ……？）

そんな修一を意に介《かい》さず、ミッキーはニコニコ。

「まぁ、座って座って。

いや〜、それにしてもやなぴーにはファーストキスだったなんて、つくづくラッキー。先に御褒美《ごほうび》もらっちゃった以上は、しょーがないから気合い入れて勉強しないとだな。あ、キスまで済ませた仲なんだから、やっぱこれからは『マイケル』じゃなくて『ミッキー』って呼んでくれなきゃだよねーっ」

無邪気と言えば聞こえは良い。聞こえは良い…けれど……。

修一は放心したようにトスンと椅子に腰を落とした。

その後の勉強は、いつもよりも能率が良かった。頭が飽和状態《ほうわじょうたい》になっていても、高一の英語を教える程度なら、修一には惰性《だせい》でこなせた…けれど――…。

修一をゾクリとさせた予感は当たっていた。

(Bは飛ばしても良いとして、Cの前にはAがなくっちゃだよな。つっても、キスは俺から済ませちゃったんだし、Cの時は絶対にやなぴーから抱いてもらうぜ!

夏休みだもんな、夏休み。若者が解放的になる夏、二人きりの別荘でやなぴーの身も心もゲットじゃーん!!)

修一と初体験する! ミッキーが勝手に心に誓《ちか》った、この夏の目標だった。

その夜、柳川家《やながわ》。夕食を終えた修一《しゅういち》は、自室で机に向かっていた。一切《いっさい》の音を断《た》った方が勉強の能率の上がるタイプと、適度に音があった方が勉強の能率の上がるタイプがいるが、後者である修一はBGMにクラシックを用いている。

ボリュームを抑《おさ》えた音楽の中でシャープペンシルがノートを走る音は、修一の部屋の毎晩の状況ではあるのだけれど……。

「$0 \leqq \theta \leqq \pi-\alpha-(*)$なる総《すべ》ての$\theta$に対して、$\sin\theta+\sin(\theta+\alpha)-\sin$……」

問題集を片手に、しかし、頭の中では、

（ミッキー、ミッキー、ミッキー……）

と自己暗示《じこあんじ》をかけるように、『マイケル』から『ミッキー』へと呼び方を改《あらた》めなくてはならなくなったことへの練習。

二兎《にと》を追う者は一兎《いっと》をも得《え》ずではないが、これじゃミッキーの立ち上がりの悪さや集中力のなさを咎《とが》められない。また、いくらファーストキスという重みはあるといえ、一方的にされたキスで苦手な愛称呼びを練習までしてしまうあたりが、修一の生真面目《きまじめ》さというか、律儀《りちぎ》さというか、要領《ようりょう》の悪さというか。

無論《むろん》、性格だけじゃなく『好き』の気持ちがなければ、こんな陳腐《ちんぷ》な努力はしていないのだけれど、だからこそジレンマに陥《おちい》ってしまう。

「だから加法定理《かほうていり》によって、$\sin\theta+\sin(\theta+\alpha)-(\sin\theta\cos\alpha+\sin\theta\cos\alpha)$－……ミッキー、かあ。……キス……しちゃったんだよなぁ」

ついに修一は沈没《ちんぼつ》。あまりにも集中できない定数値関数《ていすうちかんすう》の証明問題を手にしていたシャープペンシルごと放棄《ほうき》すると、全身で机に懐《なつ》くようにして突《つ》っ伏《ぷ》した。

「……キス……」

驚きはしたけれど、嫌《いや》だった訳じゃない。だって、ミッキーが好きなのは本当なんだから。

ただ……それでも、なのだ。

「あれー？　勉強の時のＢＧＭはシュトラウス専門のあんたが、ガーシュウィンの『ラプソディー・イン・ブルー』だなんてめずらしいわねぇ」

夏季限定《かきげんてい》商品のポテトチップを食べながら、いきなりドアを開けて声をかけてきた夕香《ゆうか》に、修一はのろのろと身を起こしてメガネの位置を直す。

「ノックぐらいしてくれよ、姉さん。いくら血のつながった兄弟でも、プライバシーってものがあるだろ？」

「ああ、大丈夫大丈夫。今のところ一度もあんたの男の子事情の最中にぶち当たったことないしさ～」

左手にポテトチップの袋を持ち、梅紫蘇《うめじそ》パウダーが指についた右手を手首から上下に振って笑いながら、夕香は室内に入り込むと腰でドアを閉めた。

ミッキーといい、この姉といい、何が『大丈夫』なんだか。大体、なんて下世話《げせわ》なことを言うんだ…と、それこそこの姉には言うだけ無駄だと解っている。

その部分にはさっさと諦《あきら》めた修一だが、今日は夕香の相手をできる気分じゃない。姉を無視してシャープペンシルを手に取り直した修一に、夕香はポテトチップをパリパリやりながら近づくとノートを覗《のぞ》き込《こ》んだ。

「あら、上手《うま》い解法《かいほう》使ってるわね。流石流石《さすが》」

「大して勉強してるふうでもないのに、人の志望校の医学部で主席張ってる姉さんに言われても嫌味《いやみ》にしか聞こえないよ」

「ジタバタしなきゃ受からない大学なら、入学しても苦労するだけよ。第一、あんたはジタバタする必要ないでしょ？」

「ジタバタしてるつもりはないけど、受験勉強もしないで入試に挑《いど》むような心臓は持っていないんでね」

「そんなことより、次の選曲はサン・サーンスの『動物の謝肉祭《しゃにくさい》』ってとこ？」

「タイトル的に言ったら、オッフェンバックの『天国と地獄』ってとこ。でも、あれじゃ気分は運動会だから……」

「ふ〜ん。やっぱり今日、バイト先でミッキーと何かあったのね」

無駄話からどうにも離してくれない姉に惰性《だせい》で答えていた修一は、突拍子《とっぴょうし》もなく言い当てられてギクッと顔を引きつらせた。それに夕香はケラケラ笑う。

「あんたって本当にポーカーフェイスが下手《へた》よねぇ。それ、完璧肯定《かんぺきこうてい》してるって」

「ね、ね、姉さんっ！　ど、ど、どーして…っ⁉」

「だって、ミッキーに告白された時も、お勉強タイムのBGMがシュトラウスじゃなかったじゃない。今日はバイトがあった日で、『天国と地獄』なんて言ったら、ミッキーと何かあった以外にないじゃなーい♪」

ああ、自分はなんて正直なんだろう。血みどろ怪奇小説と、怪《あや》しいホモ小説と、本格推理小説が愛読書という分裂趣味の姉には、コレでミッキーとの関係がバレたんじゃないか。しかし、何かがあったとバレたって、何があったとまではバレたくない。

「何…ってほどのことじゃないよ。受験生なのに、夏休み、ミッキーに旅行に誘われて、ちょっと困ってただけだから」

「――で？　何があったの？」

「だから、今言っただろう？」

「そーんな、まだ行ってもいない旅行で、修一の呼び方がいきなり『マイケル』から『ミッキー』になる訳ないじゃない。その切《き》っ掛《か》けは？」

どうして、こんなところでばっかりトレーニングの成果が出てしまうんだ？　自分が掘ってしまった墓穴にズブズブと埋《う》もれながら頭を抱《かか》える修一に、夕香はポテトチップの袋を差し出した。

「まぁまぁ、ポテチ食いねぇ」

「……姉さん……」

「ほらほら、白状《ゲロ》しちまいねぇ。隠《かく》し立《だ》てしたって無駄なんだからよぉ」

笑顔でべらんめぇ調になる夕香を見て、修一は頭から腕を外すと溜息《ためいき》をついた。

夕香がこれだけの確信を得て興味津々《きょうみしんしん》になってしまっては、抵抗するだけ労力の無駄だ。修一は警察の尋問室《じんもんしつ》で出されたカツ丼よろしく、差し出されたポテトチップの袋に手を伸ばす。

「……キス…しただけだよ」

「んま、キス？　やったわね。ファーストキスじゃない、修ちゃん！」

「ファーストキスってことまで、なんで知って……」

「だって、ミッキーとは初めてだから、今日はいつもと違う訳でしょ？　中学時代に付き合ってた彼女とはキスまでいかなかったんだし、あんたは恋人でもない子とキスできるタイプじゃないからね。だから、必然的にこれがファーストキス…と」

過去の経歴まで全部バレバレ。修一はポテトチップをパリパリ言わせながら、守れない秘密に執着《しゅうちゃく》するより、相談とも愚痴《ぐち》とも違う告白をする。

「弟のファーストキスの相手が男でも、姉さんは気にならないの？」

「べっつに〜。あんただってあたしの愛読書は知ってるでしょ？　それに、大学の友達にも同性愛者っているし」

「僕は……自分のファーストキスの相手が、男、だっていうの……気になるよ」

「はぁ？　それって、ミッキーが可哀相《かわいそう》なんじゃない？　男同士でも両想いだから付き合ってるんでしょ？　それとも、ミッキーに押し切られただけで、嫌々《いやいや》付き合ってた訳？」

「す…好きだよ！　好き…だけど……。」

告白されてこの気持ちを自覚した時も、戸惑《とまど》った。付き合いだした時は……もっと戸惑った。

今回の…キス…では、それも一層…だよ」

おまけに誘われた旅行には身の危険を感じてる…なんて、そこまでは修一にも言えなかったけれど――…。

弟の告白に、夕香はポテトチップを休まず食べながら、天井を見上げて嘆息《たんそく》する。

「修一は優柔不断《ゆうじゅうふだん》のくせに融通《ゆうずう》が利《き》かないって厄介《やっかい》な性格してるからなぁ。カミングアウトを強制されてるじゃなし、好き合ってればそれで良《い》いと思うんだけどね。好きな人も無数の他人の中から自分を好きになってくれるっていうのは、それだけでラッキーなことなんだし、ましてやノンケの男同士で両想いなんて奇跡的なんだからさ」

「そう…割り切れれば良いんだけどね」

夕香はカラになったポテトチップの袋をゴミ箱に捨てると、修一の机の上にあるティッシュボックスからティッシュを一枚引き抜いて汚れた指先を拭《ぬぐ》いながら、あっさりと言い切った。

「それじゃ、旅行ってのは割り切るには絶好《ぜっこう》のチャンスじゃん。ミッキーがあんたにラブラブなのは一目瞭然《いちもくりょうぜん》。これは据《す》え膳《ぜん》よ。食っちゃえば今更の覚悟も決まるだろうし、童貞《どうてい》ともおさらばできて万々歳《ばんばんざい》の結果ＯＫ」

「く…食っちゃうって、そんなっ！　それに、童貞だなんて決め付けなくても…っ‼」

「今日、ファーストキスを済ませたばかりで、何をどう誤魔化《ごまか》せるって？　あんた、ファーストキスはまだだけど、童貞は捨ててましたってケダモノくんとはタイプ程遠いじゃん」

一々的《いちいちまと》を射抜《いぬ》く姉に、修一はグッと言葉を詰まらせる。それに夕香は重ねて言った。

「モラルって大事だとは思うけどさ。それってケース・バイ・ケースよ」

そんなこと、言われなくても解っている。だから、ミッキーと付き合っている。机上《きじょう》の空論《くうろん》でなら、いくらでも理屈を紡《つむ》げる。だけど……。

「まっ、とにかく食うだけ食ってみれば～？」

無責任に肩を叩いてくる姉に、修一は全身で溜息をついた。


そして、一学期の終業式。いつも一緒する学校からの帰り道で、ミッキーは子供がおねだりするような態度で、実際にも修一《しゅういち》におねだりしていた。

「なっ、なっ、約束は守れてるじゃん？　この夏休み、俺の誕生日は二人で親父の別荘行こう！　最低でも三泊四日!!」

「確かに、今度の英語の成績が中学の時より上がっていれば、旅行の件を考えてみるとは言ったけどね。2…なんていう惨憺《さんたん》たる結果で、受験生の夏休みに三泊四日を要求するのは虫が良すぎやしないかい？」

　道を歩きながら片手で広げたミッキーの成績表を眺《なが》めて、修一は深い溜息《ためいき》。

「家庭教師として、本気で自信をなくすよ。解《わか》ってる？　我校《うち》は十段階評価なんだよ？」

「でもでもっ、頑張《がんば》ったから1じゃなかったんだろ？　俺、英語で1以外って初めてだもん。バッチリ成績UPじゃーん♪　それにさ、やなぴーだったら今更齷齪《あくせく》しなくても志望校合格確実だから、受験生なのに俺の家庭教師のバイト続けてんじゃないの？」

　それじゃこの場で、受験に齷齪したいからバイトを辞《や》めると言ったら、ミッキーは納得してくれるのだろうか？

　修一は再度深い溜息をついた。

「中学時代は五段階評価だったろ？　十段階評価の2は五段階評価の1と同じ。これでよく、うちの高校に受かったもんだね」

「だって、俺、致命的《ちめいてき》なのは英語だけだもーん。ほら、それ以外はほとんど6以上だろ？　特に国語は、現文も古文も10♡」

修一の指摘に怯《ひる》むどころか、その手の中にある自分の通知表を横から覗《のぞ》いてミッキーは満面の笑顔。修一の溜息は止まらない。

「マイケル。僕はキミの英語の家庭教師なんだよ？」

「だから、やなぴーのお陰で1しか取ったことのない英語が今回は2だったんだろ？　それも、ギリギリ3に引っかからない2だったから、試験休み中に追試《ついし》の呼び出しもなかったんじゃない？　やったね。これで別荘行きは決定だね」

「3に引っかからなかった以上、2は2。せめてこれが五段階評価の2だったら良かったんだけどね」

今回に限ってやけにガードが固い修一に、ミッキーはちょっと悲しそうな顔をして拗《す》ねてみせた。

「やなぴーは俺と二人で旅行するのが…嫌《いや》…なの？　折角《せっかく》の夏休み、二人で旅行したいって思うのは、やなぴーには迷惑なのかな？」

こういう時にばっかり秘儀受顔《ひぎうけがお》の威力《いりょく》を発揮《はっき》する上目遣《うわめづか》いのミッキーに、修一はオロオロのタジタジ。

「嫌…だなんて、そんな…っ」

「じゃ、やなぴーもしたい？　だったら、やっぱり旅行決定ーっ！　海にする？　山にする⁉」

途端《とたん》、ミッキーは我が意を得たりとばかりに大破顔《だいはがん》。どこまでもマイロードを突《つ》っ走《ぱし》る。

「やったーっ！　だって、やなぴーと旅行だよ、二人っきりで旅行‼　付き合いだしてからデートもしたことなかったのに、一気にステップアップ‼」

「わーっ！　だ…だから、公共の場でそういうことは…っ‼」

「だって、嬉《うれ》しいじゃん♡　そうなったら俺、意地でも八月の一週目までに一学期の復習終わらせる！　旅行から帰ってきたら、二学期の予習も頑張るっ‼」

身体《からだ》ごとピョンピョンと跳《は》ねるようにしてはしゃぐミッキーに、修一は先刻《さっき》までとは意味を違えた溜息で双眸《そうぼう》を細めた。

ミッキーの強引さは、人によっては眉を顰《ひそ》めるものだろう。けれど修一は、自分にはないこの強引さに惹《ひ》かれた部分も大きかった。そして、この強引さも言い換えれば素直さだ。素直で屈託《くったく》のないミッキーは、その性質だけじゃなく、ルックスも男にしておくのが惜《お》しいぐらい可《か》愛《わい》い。

(男にしておくのが惜しいぐらい可愛いんだから、本当に女の子だったら僕もこんなに悩みはしないんだけどね)

いや、ミッキーが女の子だったとしたって、修一の性格だったら『高校生なのに泊りがけで旅行なんてとんでもない！』と狼狽《ろうばい》していたに違いない。

それに自分で気づいた修一が、

（モラリストと言えば聞こえは良いけど、単に僕が優柔不断《ゆうじゅうふだん》なだけか）

と自己嫌悪《じこけんお》に浸《ひた》りかけた時――…。

「Excuse me.」

小猿《こざる》のように跳ねていたミッキーは、背後からのその呼びかけにピタッとジャンプを止めて凍《こお》った。

（またかよ☆　此処《ここ》って住宅街だぞ。外国人観光客が歩いてる場所じゃねーっての！）

それでも、現に本場発音で声をかけられている。振り返ったら、ミッキーに向かって物を尋《たず》ねてくるのは必至《ひっし》。

凍ったまま、無言の背中で『やなぴー、ヨロシク』とメッセージを送ってくるミッキーに、修一はゆっくりと背後を振り返った。

そこに立っていたのは、ブラウンの髪と翠《みどり》の瞳をしたミッキーと同じぐらい小柄な少年。

「May I help you?」

穏《おだ》やかに微笑《ほほえ》んで答えた修一に、少年はヒヨコ色の頭をしたミッキーの後ろ姿をジッと見つめながら手にしていた地図を差し出して言った。

「Where is the Tierney House on this map?」

「えっ？」

ティアニー家は何処《どこ》なのかと地図で聞いてきた少年に修一は軽く双眸を見開き、本場発音とはいえ流石《さすが》に『ティアニー』は聞き取ったミッキーがバッと振り返る。

途端《とたん》、少年の顔がパァッと明るくなった。

「Mickey!」

「え？　えっ⁇　ジョン⁉」

ジョンと呼ばれた少年は、仔兎《こうさぎ》のようにミッキーに駆け寄ると、その首に両腕を回して抱きつきながら頬《ほお》にキス。

〈ひどいよ、ミッキー！　後ろ姿でそうじゃないかとは思ったんだけど、ミッキーってば振り向いてもくれないんだもん‼〉

「聞いてないぞ！　なんでおまえが日本《ここ》にいるんだよ⁉」

〈僕、ホームステイって初めてだ。それも、ミッキーの家にお泊りなんて嬉しくって！〉

「どーゆうことだよ⁉　どーゆうことだよっ⁉」

嚙《か》み合《あ》っているのか嚙み合っていないのか判《わか》らない遣《や》り取《と》りを英語と日本語で交わす二人に、修一はミッキーへと問い掛ける。

「誰？」

「ベガスでホテル王の息子やってる俺の従兄弟《いとこ》。ジョン・バセットってーの」

「彼、キミの家にホームステイするって言ってるけど、それっていつまで？　従兄弟がホームステイに来てるのに、キミが……その……僕と二人で旅行なんて訳にはいかないんじゃない？」

「ホームステイーッ⁉」

上手い逃げ道を見つけたというより純粋な気遣《きづか》いで言った修一に、ミッキーの声が裏返る。

（ちょっと待て！　ちょっと待てよ‼　それじゃ、この夏にやなぴーと一線《いっせん》を越えるっていう俺の壮大《そうだい》な計画は⁉　ジョンが来るなんて聞いてねーってーのっ‼）

愕然《がくぜん》とするミッキーに、ジョンは首にしがみついたままでゴロゴロ。修一は……己《おのれ》の身が危険から解放されたという安堵《あんど》よりも、妙に同情的な瞳でミッキーを見つめた。

〔ジョーン！　あらあらあらあら、今日だったっけ？　ごめんね…って、空港から電話くれれば迎《むか》えに行ったのにーっ〕
〔サーム！　久しぶりーっ‼　本当はベガスを出る前に電話するべきだったんだけど、サム達のことだもん、僕のホームステイ日程なんて忘れてるだろうから、ビックリさせようと思ったんだぁ。僕ね、僕、一人で日本の電車に乗れたんだよォ！〕
〔あ…ははは……。最近はそうでもないけど、まぁ、日本が治安《ちあん》の良《い》い国で良かったわ〜〕

ジョンの来日予定を忘れていたことをスパーンと言い当てられたサマンサは誤魔化《ごまか》し笑い。ジョンを貼《は》り付《つ》けて帰宅したミッキーは、リビングで再会の抱擁《ほうよう》とキスを交わす叔母《おば》と甥《おい》の姿に腕組みしながらブッスーッ。

「どーゆうことだよ、サム？　ジョンがホームステイに来るなんて、俺、一言も聞いてねーぞ」

こっちも忘れていた…ことに関しては、サマンサはペロッと舌を出して済ませる。

「マリエル義姉《ねえ》さんと電話でそういう話になった時、ジョージにはすぐに伝えて了解《りょうかい》取ったんだけどね〜。

あ、九月頭までジョンは我家《うち》にステイするわよ。マリエル義姉さん達もこの機会に夫婦水入らずで長期旅行したいから、どうせだったらそれが終わるまでジョンを預かっててって頼まれちゃったのよ。

アメリカの夏休みは日本と違って二ヵ月半もあるしね。その上に個人で休みを数日増やしたって大差ないし」

そりゃ、伯母さん達もこんな惚《とぼ》けた息子一人残して旅行なんて出られないだろう。でも、それはジョンの面倒を見てくれる人を雇えば良いだけの話だし、何もジョンの新学期に間に合わないような旅行スケジュールを立てることはないじゃないか。

大体、ただでさえ二ヵ月半もある夏休みを勝手に増やすのは違うと思う。もっと違うのは、これが事後報告ってことだ。

「だから、そーゆうことは旦那《ジョージ》だけじゃなく息子《オレ》にも言えよ！」

「――今、言ったじゃない」

「遅いっ!!」

腕組みを解《と》いて肩を怒らせながらキーキー言うミッキーに、サマンサは指で両耳に栓《せん》をするジェスチャーをする。それにジョンは頓狂《とんきょう》な顔をしながら尋《たず》ねた。

〔ミッキーは何を怒ってるの？〕

〔ああ、なんでもないのよ。血が多すぎるんでしょ？　後で血抜きしとかないとね〕

〔……血抜き……〕

サマンサが耳から指を抜いて答えると、ジョンは口元に握《にぎ》った拳《こぶし》をあてて考え込む。その様子に、サマンサはミッキーへと向き直った。

「ほら、あんたのせいでジョンが気にしちゃったでしょっ！」

「あっ、きったねーっ！　責任転嫁《せきにんてんか》!!」

「うるさい、うるさいっ！　いいじゃない、もうジョンは来ちゃってるんだし、あんたジョンとは仲良かったじゃない!!」

「そーゆう問題じゃないだろ！　大体、言葉も通じねーってのっ!!」

「言葉が通じなくても、ベガスに行った時はあんたさんざんジョンに相手してもらってたんだから、この機会にお返ししなさい」

「俺にも都合があるってーの！　夏休みはやなぴーと二人で、ジョージの別荘に旅行——…」

「あらっ、良いじゃない。海？　山？　ジョンはどっちが好きかしらね〜」

「サムッ!?」

「仲間外れにしなくたって良いでしょ、ジョンも一緒に連れてってあげれば。修一《しゅういち》くんが引率してくれるなら安心だしね」

「サムッ!!」

「ジョンを連れてってあげないなら、母の権限《けんげん》で旅行は許しませ〜ん」

押問答《おしもんどう》のテンポに流されて、ここで別荘行きのことをポロリと言ってしまったのは失敗だった…と後悔したって遅い。

（なんでそうなるんだよっ!?　サムだって俺とやなぴーが付き合ってるって知ってるくせに、自分の都合でばっか！　俺はジョンが来ることも聞いてなかったってのに、馬に蹴《け》られちまえってんだ、クソババァ!!）

ギリギリ歯軋《はぎし》りするミッキーに、けれど、サマンサの御都合主義《ごつごうしゅぎ》はそれだけじゃ終わらなかった。

「それに、ジョンは日本語ができないから丁度《ちょうど》良いじゃない。この夏休みはジョン相手に活《い》きた英語を学びなさい。あ、そうしたら、夏休み中は修一くんの家庭教師はお断りしないとね」

「な…なんでそーゆうことになんだよ⁉　冗談じゃねーぞっ‼」

「だって、あんたが修一くんと勉強している間、ジョンが一人になっちゃうじゃない」

「やなぴーの家庭教師がなくったって、夏休みの宿題はあるだろ⁉　ジョンの相手してりゃ、夏休みの宿題やらなくて良いのかよっ⁉」

「あ、そーか」

「少しは考えてから喋《しゃべ》れ、馬鹿《ばか》っ‼」

ミッキーは言い捨てると、リビングを飛び出して階段を駆《か》け上《あ》がる。

「親に向かって馬鹿とはなんなの、馬鹿とはっ‼」

サマンサの怒鳴《どな》り声など無視して、八つ当たりの勢いでドアをバタンッと激しく開閉《かいへい》させると、ミッキーは自室に籠《こも》ってしまった。

「あのクソガキ〜ッ」

リビングに残されたサマンサが悪罵《あくば》する横で、とっくに蚊帳《かや》の外に追いやられていたジョンがポツリと呟《つぶや》く。

〔ふ〜ん。ミッキーって本当に、今、血が多くなってる時期なんだね〕

夕食をボイコットして、ミッキーは自室のベッドに転がって、クッションを抱《かか》えながら尚《なお》も歯軋《はぎし》りをギリギリ。

「サムの奴、ふざけやがってっ」

ジョンを嫌《きら》いじゃないけれど、仲が良《い》いというのとは違うと思う。ジョージとサマンサがラスベガスのカジノに遊びに行くたびに泊まるバセットの家。ジョンとは同い年だからよく一緒に行動していたけれど、それだってジョンの方が懐《なつ》いてくっついてきていただけと言っても過《か》言《ごん》じゃない。

「仲が良いとか悪いとか考えたことねーよ。だって、たまにしか会わない従兄弟《いとこ》だし……。それに、言葉も通じねーんだぞ」

それでも、修一《しゅういち》と付き合いだして初めての夏休みじゃなければ、寝耳《ねみみ》に水《みず》のジョンのホームステイを迷惑に思うことはなかった。

これはジョンが悪いんじゃない。こんな身勝手な都合で迷惑がられるジョンが可哀相《かわいそう》だ。でも……。

「俺だって可哀相じゃん。やっぱサムが悪いんだよな、くっそ〜ぅ」

ミッキーが独《ひと》りグチグチと愚痴《ぐち》をたれていたところにノックの音が響き、小さく開いたドアの隙間《すきま》からジョンが顔を覗《のぞ》かせた。

「ジョン」

〔夕食来なかったから、サムから差し入れだよ〕
「おっ、気が利《き》くな。サムの目を盗《ぬす》んで、メシ持って来てくれたんだぁ」
〔うん、そう。サムから差し入れ〕
英語と日本語の会話がまったく嚙《か》み合《あ》っていないことに気づかず、ミッキーはジョンが手にしているトレイにチキンのパニーニとカップスープが乗っているのを見て目を輝かせた。
育ち盛りの食い盛りには、夕飯一食を抜くのも辛《つら》い。ミッキーはジョンの差し入れに一気に空腹感を自覚し、ジョンはミッキーの反応に入室の許可を得たものとして室内に入った。
〔ベッドで良いのかな？〕
「偉いぞ、ジョン。助かったーっ」
ベッドに身を起こしたミッキーは、クッションを放り出すと同時にジョンからトレイを受け取り、パニーニを頰張《ほおば》りだした。そんなミッキーに、ジョンはクスクスと笑いながらベッドに腰を下ろす。
〔血抜きしてたの？　もう御機嫌《ごきげん》は直ったんだね。良かったぁ〕
「さっきは悪かったな。まったく、サムの大ボケが。青春には恋愛事情が最優先だってーのに、青春がとっくに腐《くさ》ってるババアは無茶《むちゃ》言ってくれるぜ」
〔そう、サムが夏休みは目一杯《めいっぱい》こっちにいても良いって言ってくれて、僕、すっごく嬉《うれ》しかったんだ。日本って初めてだしさ〕

「ごめんな。俺、ベガスの時と違って、こっちではやなぴーとの時間優先だから、おまえの相手ばっかはしてらんねーぜ。まっ、暇《ひま》な時間は遊んでやっから」

〔うん、ベガスの時みたく一緒に遊ぼうね。色々行きたいとこあるんだぁ。ミッキー、連れてってね〕

「あーっ、そうだよ！　俺、やなぴーとまともなデートってしたことないけど、これから夏休みじゃん。このままでいったら、会えるのは水曜だけになっちまうぞ！　そんなん冗談じゃねーって‼」

〔わーい、ありがとうミッキー！　僕、東京ディズニーランドには絶対行きたい‼　日本のディズニーランドはシンデレラ城なんだよね♡〕

「あ、ディズニーランドでデートってのは良いなぁ。ディズニーランドでデートした恋人は別れるなんてジンクスも、俺とやなぴーの前じゃ尻尾《しっぽ》巻いて逃げるからOKだし」

〔えっ？　こっちのシンデレラ城って何か楽しいジンクスがあるの？　いつ行く？　いつ行く？　すっごい楽しみーっ！〕

パニーニをバクバク、スープをゴクゴクやりながら喋《しゃべ》るミッキーと、ニコニコしながら喋っているジョンの会話はとことん嚙み合っていない。おまけにお互い、中途半端《ちゅうとはんぱ》に共通な単語があるから始末《しまつ》が悪い。

こんな調子だから、言葉の壁があってもラスベガスではいくら一緒に行動していても支障《ししょう》がなかった二人である。

『この夏休みはジョン相手に活《い》きた英語を学びなさい』

サマンサはそんなふうに言っていたが、これで活きた英語が学べるならミッキーはラスベガスでとっくに活きた英語を学んでいた。それは、ジョンにとっての活きた日本語にも同じことが言えただろう。

修一という要素がなければ、ミッキーにとってのジョンは悪い奴じゃなかった。しかし、修一という要素が入ってきた場合は――…。

それをミッキーが知るには、僅《わず》か数日で充分《じゅうぶん》だった。


「修一《しゅういち》く〜ん、あっそびましょーっ!!」

病院の広い敷地《しきち》に隣接《りんせつ》している柳川《やながわ》家のドアチャイムを鳴らした途端《とたん》、ヤケクソのような大声で言ったミッキー。ミッキーの腕には、しっかりとジョンが貼《は》り付《つ》いている。

「あら、ミッキー。我家《うち》に来るなんて珍《めずら》しいわね。修一なら部屋に…っと、誰、その子?」

「俺の従兄弟《いとこ》」

ドアを開けた夕香《ゆうか》がジョンのことを聞いてくるのに、ミッキーは下唇を突き出すようにして答えた。

露骨《ろこつ》に不貞腐《ふてくさ》れているミッキーに、けれど夕香はそれを気にしたふうもない。

「へ〜っ。ミッキーだけじゃなく、従兄弟くんも可愛《かわい》いじゃない。

Nice to meet you. How do you do?」

「Nice to meet you,too. My name is John Bassett. I'm from Las Vegas.」

「Las Vegas? I was so excited to be there.」

「I agree. I'm sorry. May I have your name. please?」

「Oh,sorry! My name is——…」

「あー、もうっ!! 夕香ちゃんまで横文字で喋《しゃべ》るの勘弁《かんべん》してよね! 俺、気ィ狂《くる》いそっ!!」

笑顔で初対面の会話を交わす二人に、ミッキーは癇癪《かんしゃく》を起こしてキーッとすると、大して勝手も知らない家だというのに夕香を押《お》し退《の》けて中へと入る。

「やなぴーの部屋って三階でしょ? 上がっても良《い》い? 上がるからね。お邪魔《じゃま》しまーす」

さっさと靴を脱いで上がりこむミッキーに、腕に貼り付いたままのジョンも以下同文。

「あらあら〜ん?」

修一の部屋に向かって階段を上がっていくミニラとそのトッピングの様子に、夕香は面白《おもしろ》そうな顔をすると、ドアを閉めて二人が脱いだ靴を揃《そろ》えてから自分も三階へ向かった。

「あたしも仲間に入れて♡」

夕香が修一の部屋に入ると、既《すで》にミッキーの泣き言ライブは始まっていた。
「こんな仕打ちってあるかーっ!? 楽しい筈《はず》の夏休みだってーのに、こうして会いに来なきゃやなぴーには会えないし、ジョンが来てから家《うち》じゃ万年《まんねん》横文字の嵐だし！ 俺が英語喋れないの知ってて、サムもジョージもジョンに合わせて日常会話すんだぜ？ そりゃ、ジョージは時々日本語でも喋るんだけどさ、サムのクソババア、俺にあてつけるみたく英語に徹底《てってい》しやがって！ あーっ、ムカつくムカつくムカつくーっ!!」
ボーカルの熱唱《ねっしょう》ぶりに、その腕から離れたジョンは勉強机の前で椅子に座って呆然《ぼうぜん》としている修一に近づくとニコッとした。
「Hello.」
「え……？ あ…ああ、キミは……」
〔こないだ道で会ったよね？ シューイチ、でしょ？ よくサム達が話してるよ。ミッキーと仲良しなんだよね？〕
〔キミは、ジョン、だっけ？ どうしたの、これ？〕
唖然《あぜん》としたままでミッキーを指差した修一に、ジョンはまたニコッとする。
〔血が多いんだって〕
〔血？〕
〔サムがそう言ってた。しばらくすれば治《なお》るの。いつもそうだよ〕

説明になっていない説明に、それでも修一がなんとなく『なるほど』と思った時には、ジョンの唇が修一の頬《ほお》にあった。

「あーっ、ジョン、テメーッ！　俺だってやなぴーのほっぺたにはチューしたことないのにーっ!!」

自分だって再会の瞬間にジョンから頬へのキスを受けているのに、そんなことはすっかり忘れてミッキーは嫉妬《しっと》の権化《ごんげ》と化す。

「ジョン、ぶっ殺ーすっ!!」

「何をほっぺにチューぐらいでムキになってんのよ。あんなの挨拶《あいさつ》でしょ」

「だってね、夕香ちゃん！」

まぁまぁ…とミッキーについた夕香にそっちは任《まか》せて、修一は今度は唖然としてジョンを見た。それにジョンは相変わらずニコニコ。

〔ねぇ、ミッキーと仲良いんでしょ？　僕もシューイチと仲良くなりたい〕

〔それは…もちろん…構わないけど……〕

〔ありがと。シューイチはハンサムだし優しいね〕

恋愛感情などない相手だし、外人からの頬へのキスが挨拶の意味しかないことは修一だって解《わか》っている。それで下手《へた》にときめいたりはしないし、動揺も少なからず去っていたので、修一はキーキー言ってる小猿《ミッキー》の事情を改《あらた》めて尋《たず》ねようとしたのだけれど、ジョンの口から爆弾発言が出る方が早かった。
〔あ、旅行ではヨロシクね。サムも後からちゃんと挨拶に来るって〕
〔旅行？〕
〔ジョージの別荘にシューイチが連れてってくれるんでしょ？　僕、今からすっごく楽しみなんだ。大好きなミッキーと一緒なだけじゃなく、日本での初めてのお友達と一緒に旅行なんて〕
それって、ティアニー家では既《すで》に決定事項になっているのか？　自分はまだ、ミッキーに旅行のOKなんて出してないのに……。
再び愕然《がくぜん》とする修一に、ジョンの思考はランダムだった。
〔でも、シューイチってメガネない方がもっとハンサムだよね。コンタクトにしないの？　わっ、睫毛《まつげ》長ーい〕
茫然自失《ぼうぜんじしつ》している修一の顔からメガネのセンターを摘《つま》んで外させたジョンは、その睫毛に指先を伸ばしながら尚《なお》もニコニコ。それにミッキーは一層キ――――ッッッ!!
「何、夕香ちゃん？　あれ、何っ⁉　あいつら何喋ってんのっ⁉」
「ただの世間話《せけんばなし》じゃなーい？」
「嘘《うそ》だっ！　だったら、なんであんなにイチャイチャしてんだよっ⁉」
夕香の両の二の腕をガシッと摑《つか》んで嫉妬にメラメラするミッキーに、夕香は内心でチェシャスマイル。

（思った以上に面白いことになってそうじゃない。ふ〜ん、別荘、ね♡）

この時点で別荘行きのメンバーが一人増えていたなんて、勝手に追加メンバーになった当人以外は誰も知らなかった。


そして水曜日。いつものように二つの椅子《いす》を並べて一つの勉強机に向かう二人は、だけど、いつもと違っていた。

「ねぇ、やなぴー。もっと近くで教えてくれた方が集中力が上がるなぁ。ほら、何もしないから〜」

「そ…そんなこと、今までは言ったことなかっただろ？　勉強するには、この距離で充分《じゅうぶん》だよ」

擦《す》り寄《よ》っていくミッキーに、修一《しゅういち》はササッと身を引く。だけど、ミッキーは諦《あきら》めない。

「じゃあさ、じゃあさ、少し休まない？　俺、疲れちゃった。ほらほら、何もしないから〜」

「――キミね、中年オヤジじゃないんだから。大体、わざわざ『何もしない』って言ってくるあたりが怪《あや》しいじゃないか」

言い当てられて、ミッキーはブッスーッ。

「普通さ、AからB、BからCに行くにつれて加速度ってついてくもんじゃない？」

「えっ、加速度？　どの問題？」

一学期の復習の為に開いていた問題集を覗《のぞ》き込《こ》んで尋《たず》ねる修一に、ミッキーはブチブチと愚《ぐ》痴《ち》りだした。

「英語の問題に加速度は関係ないじゃん。俺達のこと言ってんの。迫《せま》っても中々《なかなか》してくれないから俺からキスすりゃ、あの一回こっきりだし、あの後、やなぴーってば俺が一歩近づくと一歩逃げるしさ。あれから一度も俺の名前呼んでくれないしさ。それって、偶然《ぐうぜん》？　それともわざと？　俺達付き合ってる筈《はず》なのに、キスがそんなにいけないことだった訳？」

「いや、あの……」

「それに、今、夏休みなんだよ？　学校ある時はいつも帰りを一緒してたけど、今はお互いが会おうとしなきゃ会えないってのに、まだデートバージンってどーゆうこと？　俺がやなぴーン家に遊《ち》びに行きゃ、ジョンは引っ付いてくるし、やなぴーはジョンの相手ばっかしてるし」

「だってジョンは、わざわざアメリカから来てるんだし……」

「んで、ジョン、な訳ね」

「え？」

「『僕が敬称《けいしょう》をつけずに呼ぶのはマイケルだけ』なんて言っといて、『ジョンくん』じゃないんだよな、やなぴーは」

「この年齢で外人名にくん付けしてたら、それこそ中年オヤジみたいでダサいって言ったのはキミだろう？　ほら、それより、今は勉強の時間。子供みたいに愚図《ぐず》ってないで、こっちに意識を集中しなさい」

指先でノートをトントンと叩いて話を逸《そ》らした修一に、ミッキーは両頰《りょうほお》をぷくーっと膨《ふく》らませた。そんなミッキーに、修一は小さく嘆息《たんそく》する。けれどそれは、ミッキーに対してではなく、自分へと向けた自嘲《じちょう》代わりの溜息《ためいき》。

（まったく、呼び方一つで子供みたいに拗《す》ねて。ミッキーがオープンな性格なのは、アメリカ人の気質だけじゃないな、絶対）

そんなところに辟易《へきえき》とするよりも可愛《かわい》いと思ってしまうあたり、修一としては充分ミッキーに懸想《けそう》しているつもりなのだけれど、だからこそ、執拗《しつよう》に自制心が働いてしまうのかもしれない。

父の病院の敷地《しきち》内にある小さな散歩道。入院していたジョージを見舞いに来たミッキーを初めて見かけた時は女の子かと思った。金髪碧眼《きんぱつへきがん》だから目を惹《ひ》かれただけじゃなく、なんとなくドキッとした。偶然の機会に話をするようになって、性別を勘違《かんちが》いしていただけじゃなく、外観と性質のギャップにも驚いたけれど、ドキドキは止まらなかった。

（家庭教師を頼まれた時、突然だったんで驚きはしたけれど、押し切られた形になったのだってテンポの違いだったんだよな。僕が引き受けるかどうか考える時間も待てないように、ミッキーが返事をせっつくから……）

でも、それだけ自分に家庭教師になってくれることを望むミッキーが嬉《うれ》しかった。ただ、ミッキーから告白されなければ、この感情が恋であることには一生気づかなかったんじゃないかと思う。

だって、二人とも男だ。そういう人種がいることは知識として知っていたし、そういう恋愛関係を否定する気もなかったけれど、修一自身の人生には同性相手に恋する予定も、同性の恋人を持つ予定もなかった。可能性にも考えられないことだった。

……それなのに……。

好き…だけれど、本当にそれだけで良《い》いのだろうか？　ミッキーはそれで良いのだろうが、修一は日本人で、ましてや此処《ここ》は日本だ。同性間の婚姻《こんいん》は法律で認められていないし、それが認められていたとしたって修一は柳川《やながわ》記念病院の後継《あとつ》ぎ息子である。ミッキーが相手では、その後の子供が残せない。

結婚とか、子供とか、そんなことを考えなければならない年齢じゃない。だからといって、将来的に考えなければならないことを無視したら、まるで一時の遊びだと言っているようじゃないか。

自分の考え方が少し硬《かた》すぎるのかもしれないが、長年培《つちか》ってきたモラルはそう簡単には覆《くつがえ》せない。それでも好きだから付き合いだしたのだけれど……。現在進行形で付き合っている……のだけれど……。

集中しろと言っておきながら勉強を再開しようともせず、難しい顔で沈黙してしまった修一に、ミッキーは膨らませていた頬をへこませると、らしくもなく沈んだ表情で俯《うつむ》いた。

「……やなぴーはそんなに嫌《いや》だったんだ」

「え？」

「俺とのキス」

思わぬことを言われてハッと我に返った修一に、ミッキーは勘違いを重ねる。

「唇くっつけただけで舌も入れなかったのに、そんなに嫌だったなんて……。俺達、恋人同士じゃなかったのかよ？」

「え？　えっ？　あの……？」

「俺はやなぴーのこと、すっごく好きなのに……。やなぴーとキスできたのも、やなぴーにはファーストキスだったってのも、すっごく嬉しかったのに……」

日頃、ミッキーが必殺技《ひっさつわざ》にしている秘儀受顔《ひぎうけがお》に輪をかけた表情は、いじめられた幼い子供が今にも泣きだしそうな表情。

（——まいったな）

修一はスリムリムのメガネの位置を直すふりで、苦笑を誤魔化《ごまか》した。

まいってしまうのは、こんな時の自分の感情。ミッキーにこんな表情をさせられるのは自分だけだと解《わか》っていて、それを嬉しいと思ってしまう自分の感情。

「嫌…じゃなかったよ」

メガネから手をのけて優しい微笑で言った修一に、ミッキーは俯かせていた顔をパッと上げる。

「でも…っ」

「ちょっと、照れくさかっただけ。ミッキー、って面と向かって呼ぶのもね。キミにはピンとこないだろうけど、僕には慣れた呼び方を変えるっていうのは大変なことなんだよ。何度も練習しちゃったぐらいにね」

そう言った修一に、ミッキーの表情が一変《いっぺん》して明るくなる。

「今、ミッキーって言った？　言った？」

「言ったよ、ミッキー」

もう一度ちゃんと呼び直すと、ミッキーの表情は一層明るくなる。

どういう態度を取れば自分だけにしかさせられないミッキーを維持《いじ》できるのかを知っていながら、修一はミッキーにいつもの表情を取り戻させた。

だからこそ、修一はこんな些細《ささい》なことで大はしゃぎするミッキーに二つの決心をした。

「もう一回呼んで！　もう一回!!」

「だから、いい加減《かげん》に勉強に集中。旅行、行けなくなっても知らないよ」

「えっ？　旅行って、それじゃ！」

「今、行くって決めたよ」

そして、そこでミッキーにバイトを辞《や》めると伝えよう。それも、秋まで待たずにこの夏休み一杯《いっぱい》で辞めた方が良い。だったら、最後に旅行ぐらいは良いじゃないか。ジョンが一緒なのだから、身の危険はなくなったのだし……。

そんな修一の胸中も知らず、ミッキーは大喜び。

「それで、海？　山？　どっちにする？」

「――海、かな？」

「わっ、意外！　やなぴーだったら、絶対に山って言うと思ってた」

「だって、ミッキーは海の方が好きだろう？」

そんな修一の一言にまで舞い上がったミッキーは、

（サムは母親の権限《けんげん》とか言ってたけど、絶対にジョンなんか連れてかねーぞ！　だってこの調子なら、この夏、間違いなくやなぴーの身も心もゲットできるぜ‼）

と短絡的《たんらくてき》に天国を見ていたのだけれど……。

すっかり英語オンリーになってしまったティアニー家。この時まだミッキーは、ジョンも一緒に旅行に行くことがミッキー以外の関係者全員の間で既《すで》に決定済みだなんて知りもしなかった。

修一《しゅういち》と二人きりの旅行だと思ったから、夏休みの宿題と一緒に自分でも一学期の復習をした。この後、修一と一夏《ひとなつ》の経験が待っていると思ったから、死ぬ気で八月の一週目までに修一との約束をクリアした。

——それなのに……。

「どーしてこーゆうことになるんだよーっ!?」

海辺《うみべ》の別荘に着き、リビングに荷物を置くや否《いな》や諦《あきら》めきれずに何度目かの雄叫《おたけ》びを上げたミツキーに、夕香《ゆうか》は気の引ける様子もなく笑顔で言った。

「ほら、未成年者だけで泊りがけの旅行っていうのはちょっと心配じゃない？　あたしはこの五月で二十歳《はたち》になってたし、保護者にはぴったり♡」

「……夕香ちゃん、ひどい。俺とやなぴーの関係を理解してくれない日本で、夕香ちゃんだけは味方だと思ってたのに……」

「あら、味方よォ。でも、今回はジョンも一緒なんだし、そこにあたしが加わったって大差ないでしょ？」

そう言う夕香をそれでもジト目で見たミッキーは、そのままジト目を隣《となり》にいる筈《はず》のジョンに向けようとして、そこにジョンがいないことに気づく。
「あ、あれ？　ジョンは？　どっかに零《こぼ》してきた⁉」
外国からのおのぼりさんをどっかに零してきたら流石《さすが》に拙《まず》い。慌《あわ》てるミッキーに、夕香は苦笑でその方向を指差した。
「え……？」
夕香の指先から真《ま》っ直《す》ぐに視線でたどれば、そこはバルコニー。開かれた両開きのガラス戸の向こうには、早々に眼下《がんか》の海を見ている修一とジョンの姿。
〔日本の海、汚《きたな》い？〕
〔此処《ここ》はかなり綺麗《きれい》だと思うよ〕
〔でも、臭《くさ》い〕
〔ああ、それはプランクトンのせい。日本ではこれを潮《しお》の香りって呼ぶんだけどね〕
〔へぇ。それを潮の香りだなんて、日本は面白《おもしろ》いね。それに、シューイチはとっても物知りだ〕
ミッキーには解《わか》らない言葉で笑顔で会話する二人。修一がミッキーよりジョンを誘《さそ》う筈はないから、ジョンが修一をバルコニーに引っ張り出したのは想像するまでもないけれど、なんだってジョンは修一の腕に両手を絡《から》めていて、修一は絡んでいるジョンの手を振《ふ》り解《ほど》こうともしないんだ？

他愛《たわい》のないスキンシップだと気にしないでいられるミッキーじゃない。ムカッとした瞬間には夕香の元を離れてバルコニーへ突進《とっしん》すると、修一とジョンをベリッと引《ひ》き剝《は》がす。

「はい、離れて離れて」

「ミッキー？」

〔あ～んっ〕

ミッキーの行動に修一はキョトンとし、ジョンは修一から引き剝がされたことに可愛《かわい》く不満の声をあげる。そんな二人の反応にも、ミッキーはこめかみをピクピクとさせ、まずは修一に向き合った。

「やなぴー、ジョンなんかと何ムード盛《も》り上《あ》げてんだよ？　やなぴーがムードを盛り上げるべき相手は俺だろ、俺っ」

「え？　ムード？　僕達は別に……」

「僕達って何？　俺が腕組んでったりすると男同士なの気にするくせして、ジョンとはイチャイチャのベタベタってふざけすぎてねーか？　それも、恋人《オレ》の目の前で堂々と！」

「いや、あのね、ミッキー……」

「やなぴーがこんなに身持《みも》ちヤワヤワな男とは思わなかったよ。もぉ、これは俺が法律になるっきゃないね。これからやなぴーはジョンとイチャイチャくっつくの絶対禁止！」

別荘に来る前から何度も言ってることを今初めて言うように言ったミッキーは、今度はジョンへと向き直る。
「ジョン、テメーもなぁ！　普段《ふだん》は俺に引っ付きまくるくせして、やなぴーがいるとどーしてやなぴーの方にくっついてくんだよ？　やなぴーは俺のなんだから、人の物に気安《きやす》く触《さわ》んな！」
〔ミッキー、ミッキー！　僕ね、今、シューイチに日本の海のこと教えてもらってたんだよ。ミッキーのステキな友達と僕も仲良くなれて嬉《うれ》しいな〕
「大体、それだよ、それ！　俺が『やなぴー』なのに、なんだっておまえが『修一』なんだ？　人の恋人、気安く呼《よ》び捨《す》てにしやがって！」
〔ミッキーとはいつでもくっついていられるし、折角《せっかく》シューイチやユーカと一緒の旅行なんだもん。僕、この旅行の間にもっとシューイチやユーカと仲良くなる！　ミッキー、僕が遊んであげなくても寂《さび》しくないよね？　ミッキーはシューイチともユーカとも仲良しなんだし〕
「そうだ、おまえはおとなしく夕香ちゃんと仲良くしてろ！　いいか、この旅行の主役は俺とやなぴーなんだからな？　馬に蹴《け》られるようなことはするなよ？　これからは、『修一』って呼ぶの禁止！　俺のやなぴーに触るのも禁止!!」
まったく噛《か》み合《あ》っていない日本語と英語の会話で、これまた別荘に来る前から繰り返していることを言うミッキーに、ジョンはニコニコ。

〔ミッキーだけじゃなく、シューイチやユーカとも一緒の旅行って、嬉しいね。楽しいね。僕、日本に来て良かった〜っ〕

「だから、『修一』って呼ぶなっちゅーの！」

旅行初日からの悲喜劇的《ひきげきてき》ミッキーの癇癪《かんしゃく》は、それでも結局は喜劇性の方が強いというのに、修一はミッキーとジョンの嚙み合っていない会話にオロオロ。

（僕がジョンをジョンって呼ぶのと同様、ジョンが僕を修一って呼ぶのは外人なんだから当たり前じゃないか。腕を組むのだって単なるスキンシップだっていうのに……）

これだけ了見《りょうけん》が狭《せま》くなってるミッキーと、この後トラブルもなく済ませられるのか？　おまけに修一は、この旅行中、ミッキーの家庭教師を辞《や》める旨《むね》を伝えようと思っているのに……。

「いいか、やなぴーは俺のなんだからな？」

〔僕、今夜はシューイチのお部屋にお泊りに行っちゃおうかな？　これぐらいの別荘だと、みんなバラバラのシングルルームになるんでしょ？〕

「おし、俺とやなぴーはツインルームを二人でキープだな。おまえ、俺達の部屋に変なタイミングに来るんじゃねーぞ」

〔えっ？　ツインルーム使うの？　だったら姉弟《きょうだい》のユーカとシューイチが一室で、僕はミッキーと一緒？〕

相変わらず嚙み合っていない会話を続けるミッキーとジョンに、修一はここでもまたオロオロし、夕香は完全に物見遊山《ものみゆさん》モードに入っていた。

なんでこうなる？　どうしてこうなる？　結局、各自シングルルームに泊まるということでメンバーの平等を期《き》したけれど……。

『僕とミッキーがツインで、姉さんとジョンはシングル？　四人で来てるんだから、一室だけツインを使うなら従兄弟《いとこ》であるキミとジョンか、姉弟《きょうだい》である僕と姉さんじゃない？　それなのにそういう配分って、バランス的に悪いと思うよ。だったら、部屋がない訳じゃないんだから、全員シングルが妥当《だとう》だろう？』

もっともらしい修一《しゅういち》の理屈に、恋人だからツインという屁理屈《へりくつ》も潰《つぶ》されて、結局、全員バラバラのシングルで寝起きすることになってしまった。まぁ、シングルだったらシングルで、相手の部屋に夜這《よば》いをかければ済むことだと不承不承《ふしょうぶしょう》納得してシングルに収まったっていうのに……。

（移動とこっちついてすぐの買い出しとかで、結構疲れてたのかな～？　夕飯食って満腹になったら眠くなっちゃったから、ちくっと寝たらやなぴーの部屋に行くつもりだったのに、気がついたら朝だったなんて一生の不覚《ふかく》！）

三泊のうちの一泊をそれで潰《つぶ》してしまったなんて、勿体無《もったいな》いにも程《ほど》がある。残るチャンスは後二晩。お邪魔虫《じゃまむし》が二匹もいたら、昼間にHのチャンスはないから、この二晩はもう絶対に無駄にできない。

——そう、昼間はお邪魔虫二匹が漏《も》れなくついてくるのは、いくらミッキーだって諦《あきら》めざるをえなかったけれど……。

「だからって、なんでこーなるんだよーっ!?」

ギラギラの太陽。海水浴客でひしめく浜辺《はまべ》。座り姿勢から前屈《まえかが》みに突《つ》っ伏《ぷ》して、砂浜を両の拳《こぶし》で殴《なぐ》るミッキーの隣《となり》で、敷いたビニールマットに悠々《ゆうゆう》と寝そべったビキニ姿の夕香《ゆうか》が修一に背中にサンオイルを塗《ぬ》ってもらっている。そして、ミッキーの背中にサンオイルを塗っているのはジョン。

これはお邪魔虫どころか組み合わせからして違う！　これは間違《まちが》っている!!　ミッキーのそんな露骨《ろこつ》な嘆《なげ》きにも気づかず、ジョンはサンオイルを塗り終わったミッキーの背中を軽く叩いて無邪気《むじゃき》に笑う。

〔はい、終わったよ。前は自分で塗ってね〕

そのタイミングで夕香が、

「サンキュー、修一。もういいわよ」

と言った日本語の意味は解《わか》らなくても、二人の様子で修一も夕香の背中にサンオイルを塗り終えたのだと知ったジョンは、這《は》い這いの姿勢で修一に擦《す》り寄《よ》った。
〔次、シューイチの背中塗ってあげるよ〕
〔え？　でも……〕
〔僕、背中にオイル塗るの好きーっ。本当はユーカのも塗りたかったんだけど、僕、ミッキーの背中塗ってたからさ。
シューイチ、この中で一番大きいから、背中も広いでしょ。僕、シューイチの背中が一番楽しみだったの。家族で海に行くと、お父さんの背中にオイル塗るのが一番好き。お父さんだけはいつも絶対に僕が塗るんだよ〕
ミッキーの様子を気にした修一は、けれど、これだけ瞳を輝かされて、ここまで言われたら断れない。
「ジョンったら可愛《かわい》いわね。いいじゃない、塗ってもらえば。次は私もジョンに頼むから」
日本語で言った夕香に、ミッキーは伏せていた上体をバッと起こし、修一は苦笑で羽織《はお》っていたパーカーを脱いだ。
〔それじゃ、お願いしようかな〕
〔わーい♡〕
ジョンにサンオイルなんて塗らせるなとばかりに、鋭《するど》い眼光《がんこう》で振り向いたミッキーは、初めて見る修一の裸の上半身に出端《でばな》を挫《くじ》かれ、睨《にら》むのを忘れて見とれてしまう。

（うわっ、やなぴーの裸《はだか》だーっ）

美丈夫《びじょうぶ》とは言えないけれど、ひ弱《よわ》な印象もない標準的なバランス。それでも、好きな人だからときめいてしまう。体育のプールでだって、友達と海水浴に来た時だって、同性の水着姿など気にしたことはなかったけれど、好きな人だから意識してしまう。

ドキドキとする胸。頬《ほお》がうっすらと染《そ》まる…前に、ミッキーはハッと我に返った。

〔シューイチの肌、男なのに肌理《きめ》細かくて綺麗《きれい》だね。オイル塗ってて気持ち良《い》いよ〕

〔そ…そうかな？〕

〔うん。ユーカの肌も綺麗だし、日本人の肌って良いね〕

ミッキーに解らない言葉で会話しながら、修一の背中をジョンの手が触《さわ》りまくって撫《な》で回《まわ》す。単にサンオイルを塗ってるだけなのに、それじゃ納得できないミッキーはムカッ。

「なんの話してんだよっ!?」

「修一の肌は綺麗だから、ジョンがオイル塗ってて気持ち良いって」

「ね、姉さん！」

しなくていい通訳をする夕香に修一はギョッとし、ミッキーは一層ぶんむくれる。

「ずるい！　俺はまだやなぴーの背中に直《じか》に触ったことないのに、どーして先にジョンに触らせちゃうんだよ!?　俺がやなぴーの恋人なのにーっ!!」

「わーっ、ミッキーッ!!　キミ、なんてことを大声でっ!!」

元気にブーイングするミッキーに、修一が大慌《おおあわ》てするというおなじみのいつものパターン。それまで修一の背中にオイルを塗ることを楽しんでいたジョンはキョトンとし、夕香は呆《あき》れた顔をした。
「ほら、ジョンが驚いてるじゃない。ミッキーったら、背中にオイル塗る程度で大騒ぎすることないでしょ。それに、修一も。それって過剰《かじょう》反応よ。そんなの、周囲は本気にしやしないって」
のほほんと言う夕香に、修一は、
〔理屈では解ってるんだよ。なんでもない同性《あいて》に恋人発言されるんなら、僕だってそんな冗談に慌てたりしない〕
という言葉を飲み込み、ミッキーは歯軋《はぎし》りをギリギリ。
〔何？　どーしたの？〕
〔な…なんでもないよ〕
〔ふーん。あ、塗り終わったよ。後は僕だけだね〕
ジョンは手にしていたボトルを修一に渡すと、当然のように背中を向けた。それに修一はミッキーのことを気にしながらも、手にサンオイルを出してジョンの背中に塗りだす。だって、自分だけ塗ってもらっておいて嫌《いや》とは言えないし、嫌と言うべきことでもない。けれど、それにもミッキーは、キーキー、ギリギリ。
（今夜だ！　今夜こそは意地でもやなぴーをモノにする!!　そんでもって、あの背中に思いっ切り爪を立てまくってやる!!)

初めて見た裸の上半身だけでときめいたことも忘れ、Hするということはあの裸の身体と抱き合うのだということを思いつくよりも、ミッキーはおかしな闘争心《とうそうしん》に火をつける。

本末転倒《ほんまつてんとう》。しかし、そうなっても仕方がないだけの状況は、この日一日だけでも目白押《めじろお》しだった。


別荘で夕食を済ませ、みんなでテレビを見ながらお茶をしてから解散。ミッキーは自室のシャワールームでこの後の目的に向けて日焼けで火照《ほて》った身体《からだ》を念入《ねんい》りにスポンジで洗いながら、未《いま》だ歯軋《はぎし》りをギリギリ。

(なんだってんだよ、ふざけやがって!)

修一《しゅういち》とジョンには、イチャイチャするのを禁じたというのに、そんなのは結局意味なし。泳ぐのもボートに乗るのも、修一はジョンとばっかり。修一はジョンと遊んでばっかり。

——というのはあくまでミッキーの見解《けんかい》で、実際のところジョンは修一と夕香《ゆうか》の間を行ったり来たりちょろちょろしながら、ミッキーにも擦《す》り寄《よ》っていた。そして修一も、実質的にはジョンよりもミッキーを相手にしていた時間の方が長い。しかし、通常モードでさえ了見《りょうけん》が狭《せま》いというのに、今は了見がないにも等しいミッキーに、実情なんかは通用しない。

（おまけに、別荘に帰ってきてまであいつら……）

夕食の支度《したく》をする夕香の手伝いをしていたのはジョンだけ。臍《へそ》を曲げているミッキーに一応の気を遣《つか》った夕香が、

『あんたは手伝わなくていいから、ミッキーに独占《どくせん》されて機嫌《きげん》を取ったげなさい。同情するほどのもんでもないけど、折角《せっかく》旅行に来てるのに、あんな調子のままじゃ可哀相《かわいそう》よ。ジョンはあたしの方に引きとめておくからさ』

と修一に指示し、ミッキーの機嫌に気づかない修一じゃなかったから、夕香に礼を言ってリビングでミッキーに独占されていたのだが、それはまったくフォローにならなかった。

いや、その時だけはミッキーの機嫌も直ったのだ。だが、食後のインパクトで修一と二人で過ごした時間があったなんてことは、既《すで》にミッキーの記憶回路から弾《はじ》き出《だ》されていた。

（二人して人の目の前のソファーでイチャイチャイチャイチャイチャイチャ……）

『イチャイチャ』をエンドレスさせているうちに、ミッキーはまたしてもどんどんと腹を立てていく。

夕香が毎週見ている連ドラがミッキーの楽しみにしている番組とかぶっていたので、必然的にテレビはそのチャンネルになり、いつのまにか夢中《むちゅう》になっていたミッキーがハッと気づけば修一とジョンがソファーでお喋《しゃべ》りにふけっていた。ミッキーと夕香がテレビに夢中になってし

まえば、日本語の解《わか》らないジョンにとっては辛《つら》い状況だから、ドラマに興味のない修一がジョンの相手を買って出たのだが、そんな事情もミッキーには通用しない。
〖シューイチ、本当に睫《まつ》毛《げ》長いね〗
〖またそれかい？　これでも気にしてるんだよ。いっそのことライターで焼いちゃおうかな…とかね〗
〖えーっ、勿体無《もったいな》いっ。それぐらいだったら、僕にちょーだい！〗
〖あはは。あげられると良かったんだけどね〗
テレビ画面から移した視線を睥睨《へいげい》へとコンバートさせたミッキーに、二人の会話は解らない。
解ったのは、何やら良いムードなことと、ジョンが意味深《いみしん》に修一のメガネを外したこと。
〖焼いたりしちゃ絶対ダメだよ。羨《うらや》ましい人、きっと沢山《たくさん》いるから〗
〖姉にもそう言われるんだけどね。ところで、なんでメガネ外すの？〗
〖えへへ、メガネない方がちゃんと長さが解るでしょ？　マッチ棒、何本ぐらい乗るかなって思って。此処《ここ》、マッチあるのかな？　ねぇ、後で試してみようよ〗
〖えーっ、い…嫌《いや》だよ。それで思った以上の数が乗っちゃったらショックじゃないか〗
〖それは嫌なことじゃなくて良いことなの〗
何本ぐらい乗りそうか間近《まぢか》で確認しようと修一の顔へと顔を近づけたジョンにミッキーが椅子を鳴らして立ち上がり、ズンズン近づいていって二人をベリッと引《ひ》き剝《は》がしたのだけれど、ここでは誤解まで生じてしまっていた。

(あそこで俺が阻止《そし》しなきゃ、やなぴーのセカンドキスはジョンに奪《うば》われてたんじゃないか？　俺との時だって、やなぴーってばあっさりとファーストキス奪われちゃったようなノロマなんだから！)

容赦《ようしゃ》のないことを考えてムカムカしながら、シャンプーで泡《あわ》だった頭をワシャワシャやっていたミッキーは、今更になって『あれっ？』と髪を洗っていた指の動きを止めた。

(ちょっと待て。なんでジョンがやなぴーにキスしようとするんだ？　そーいや、最初からほっぺにキスしてたけど……)

考えてみれば、同性婚が認められているのはロサンゼルスだけじゃなく、ラスベガスでだって認められている。つまり、同性愛が法律で認められるぐらいポピュラーな町で育ったジョンにとっては、同性も異性も同等に恋愛対象になりえるということで……。ジョンがあれだけ修一に懐《なつ》いてキスまで迫《せま》った意味は、どう考えても一つしかない訳で——……。

(ジョンの野郎、いきなり横から出てきて俺のやなぴーに惚《ほ》れるなんて許せん！　絶対に今夜、やなぴーをモノにする!!　後から来た奴に先にやなぴーを食われて堪《たま》るかっ!!)

ミッキーは決意も新たに泡だらけの拳《こぶし》を握《にぎ》ると、勢い良くシャワーを出した。

当然ながら、ミッキーの粗末《そまつ》な脳みそに修一の人権《じんけん》など入る隙間《すきま》はなく、それどころか、修一の気持ちを考えるところまですら頭の働いていないミッキーだった。

「わーっ、なんだ、なんだ!?　ミッキー！　なんでキミがこんなとこにっ!!」

昼間、さんざん海で泳いだ上に子守りまでをこなし、疲れていた修一《しゅういち》は自室に戻るとすぐにシャワーを浴びてベッドに入った。そして、ようやく寝付いたところでの腹への圧迫感《あっぱくかん》に目覚めれば、上掛《うわが》けをまくって腹に乗っているミッキーの姿。

慌《あわ》てながらも習慣で、サイドテーブルに置いてあったメガネに手を伸ばし、中途半端《ちゅうとはんぱ》にしか起こせない上体を無理矢理起こしながらメガネをかけた修一に、ミッキーは秘儀受顔《ひぎうけがお》で迫《せま》る。

「折角《せっかく》の旅行で、同じ屋根の下に恋人がいるんだよ？　何もしないなんて勿体無《もったいな》いじゃない。ねっ、やなぴー♡」

語尾《ごび》にハートマークをつけて、いきなりそんなことを言われても困る。いや、そういう予感は旅行前からあったけれど、それでも困る。

「ちょっ…ちょっと待ってよ、ミッキー。こういうことは、二人のテンションが自《おの》ずと高まった時にそうなるべきものであって、何も勿体無がってしなくても……」

懸命《けんめい》に言《い》い逃《のが》れようとする修一からかけたばかりのメガネをスッと奪《うば》うと、それを手にしたままでミッキーは修一の唇にキス。

「……っ……!!」

今度はファーストキスの時と違って、舌を差し込んでのキス。それにパニックする修一に、ミッキーは秘儀受顔を崩《くず》さない。

「二人のテンションが一致《いっち》するのを待ってるより、かたっぽのテンションを切《き》っ掛《か》けにした方がコトが早いよ。良《い》いじゃない、恋人同士なんだから」

唇を離しはしたものの、吐息《といき》の触《ふ》れる位置から囁《ささや》くミッキーに、修一は流されるよりも暴漢《ぼうかん》に手籠《てご》めにされかけている生娘《きむすめ》の心情。

「こ…恋人同士だからって……、ごめん、僕、まだ心の準備が……」

「大丈夫、大丈夫。俺、最初からやなぴーにしてもらうつもりだから。やられる方じゃなくてやる方なら、覚悟《かくご》とかいらないでしょ？」

「い…いるよ！　ぼ…僕達は男同士なんだよ？　やられた方はまだしも、やった方は言い訳がきかないじゃないか!!」

その言われようにミッキーはムッ。一瞬、秘儀受顔を手放《てばな》した。

「なんだよ、その言い訳って？　やなぴー、俺とやるのに言い訳が必要だってのかよ!?　俺達、恋人同士なんだろ？　恋愛感情があったら、言い訳とかよりやりたい衝動《しょうどう》のが強い筈《はず》じゃん！　好きだから欲しくてやりたいって性衝動、やなぴーはない訳？　やりたい盛《さか》りの高校生で、恋人が迫っててもっ!?」

それって不能《ふのう》なんじゃ…と口が滑《すべ》る前に我に返ったミッキーは、そこで秘儀受顔も取り戻す。

「——とにかく、覚悟なんていらないよ。俺、女の子じゃないからこそ、妊娠《にんしん》の心配もないし、バージン失ったからって責任取ってとか言わないし。だから……ねっ？」

「そ…そういう問題じゃないんだよ。僕はそういう刹那的《せつなてき》な考え方って好きじゃないし……」

「刹那じゃないでしょ？　やなぴーと俺、これからも恋人じゃないの？　それとも、俺が男だから気分が出ない？　だったらあたしのことはミッシェルって呼んで」

男なのに、『あたし』という一人称が容姿《ようし》に似合ってしまうあたりが怖《こわ》い。しかし、いくら『あたし』という一人称が似合ってもミッキーが男であることに変わりはない。

「ミッシェルって……マイケルの呼び方だけ変えたって、意味ないじゃないか」

「それで、やなぴーの抵抗感がなくなるなら意味あるじゃん。だから、やろう？　ほら、やろう！」

ミッキーはサイドテーブルの元の位置にメガネを置くと、いそいそと修一のパジャマのボタンを外し始めた。それを修一は必死に阻止《そし》する。

「そう言われても、心の準備がね」

「だから、大丈夫だって。『痛いのは最初だけ』ってよく言うじゃん。それに痛い思いするなら俺の方な訳だし、どーせやることなら今したってOKっしょ」

「で、で、でも！　最初ぐらいは双方合意の許《もと》、穏便《おんびん》に営《いとな》みたいと……」

「何、それ？　それじゃまるで、俺が一方的で……やなぴーをレイプしようとしてるみたいじゃん。恋人なんだからレイプにはならないってーのに」

「こ…こういうのをデートレイプって言うんだよっ」

ついには言葉へのデリカシーまで失い、売り言葉に買い言葉でレイプを主張した修一に、ミッキーはカッチーン。

ミッキーは反論に口を開きかけ、修一はミッキーの表情の変化に弁解《べんかい》の口を開きかけた。その時、コンコンコン…っとノックが三回。

〔シューイチ、今夜はこっちで寝ても良い？　折角お泊りに来てるんだもん。昨日はユーカと一緒に寝たから、今日はシューイチと一緒に寝たい〕

枕を抱《かか》えて現れたジョンに、ベッドの上の二人は一瞬硬直《こうちょく》。修一の腹の上に乗っているミッキーの姿に、ジョンはキョトン。

〔何してんの？〕

それに二人は同時に硬直から立ち直ると、ジョンに向かって叫んでいた。

〔ジョン!?　昨日は姉さんと寝たって、だって、シングル…ッ!!〕

「テメーッ、枕なんて抱えてきやがって！　さてはテメーもやなぴーに夜這《よば》いかけにきやがったんだなっ!!」

修一の腹から腰を上げたミッキーは、そのままベッドを飛び降り、ジョンの元に駆け寄った。

「我家《うち》のゲストルームじゃ平気で一人寝してたよな？　別荘《ここ》でだけ一人寝が寂《さび》しいとか、ホームシックって言い訳はきかねーぞ！　ったく、油断《ゆだん》も隙《すき》もあったもんじゃねぇ。来い！　今夜は俺の部屋から出さねーからな!!」

「えっ？　何？　あっ、今日はミッキーが一緒に寝てくれるの？　ミッキーとはティアニーの家でいつでもお泊りっこできるからって思ってたんだけど、そーいえばミッキーと一緒に寝たことなかったもんね。ミッキーも僕と一緒に寝たかった？」

「トンビに油揚《あぶらあ》げ掻《か》っ攫《さら》われて、やなぴーの貞操《ていそう》奪われたんじゃシャレにならねぇ！」

ジョンの首にガシッと腕を回したミッキーは、くるりと振り返ると凶悪な睥睨《へいげい》とともに修一に指先をビシィッと向けた。

「——さっきの件、明日しっかりと説明してもらうかんな。俺が納得いくだけの説明、用意しておけよ」

ミッキーはジョンを引《ひ》き摺《ず》るようにして部屋を出ると、憤慨《ふんがい》の勢いでドアを閉じた。想い人にはレイプ扱いされるし、恋敵の乱入でそのレイプすら未遂《みすい》だし、今夜を逃がしてしまった以上、残るチャンスは後一晩。ミッキーにしてみれば、これで怒髪天《どはつてん》を衝《つ》かない方がおかしい。

烈火《れっか》のごとく怒りながら部屋を出て行ったミッキーに、ジョンのお陰《かげ》で身の危険を脱した修一は、しばらく呆然《ぼうぜん》としてから全開にされたパジャマの前を片手で合わせ、もう一方の手で顔を覆《おお》いながら大きく嘆息《たんそく》した。

「……まいったな……」

その呟《つぶや》きは、危機を脱した安堵感《あんどかん》によるものでも、機嫌《きげん》を損《そこ》ねてしまったミッキーへの対処に気重《きおも》になってのものでもなかった。


海水浴に出る以外、特別な観光地などない土地。朝食を済ませた四人は、今日も歩いて五分とかからない海岸へと向かう。しかし、朝食の席から空気は真っ二《まぷた》つに分かれていた。

〈それでね、昨日《きのう》はシューイチじゃなくてミッキーと一緒に寝たの。でも、ミッキーったらすっごく寝相《ねぞう》が悪くてね。一杯蹴《いっぱいけ》られちゃった〉

〈あははは。残念だったわね、修一《しゅういち》と寝られなくて。ミッキーとはいつでも一緒に寝られるのにね〉

〈でも、旅行先だとまた気分が違うから、残念じゃなかったよ。それに、今夜こそシューイチと一緒に寝るもーん〉

水着の上にパーカーを羽織《はお》っただけの姿で前を歩くジョンと夕香《ゆうか》に、同じスタイルのミッキーは隣《となり》を歩く修一を横目で睨《にら》む。

「なんだって海パンの上にジーンズ履《は》いてる訳？　それって嫌味《いやみ》？　貞操帯《ていそうたい》のつもり？」

「昨日だって、海へ行くまではジーンズ履いてただろう？　そんなに絡《から》まなくても……」
「だって俺、まだやなぴーから言い訳もらってないかんね」
両頬《りょうほお》を膨《ふく》らませるミッキーは、今朝《けさ》、夕香が部屋に叩き起こしに行くまで爆睡《ばくすい》していた。
その後はすぐに朝食で、朝食が済んだら水着に着替えて、そして今、海に向かっているという
タイムテーブルの何処《どこ》に、修一が言い訳の時間を取れたというのだろう？　それだったらせめ
て、もう少し早く起きてくれれば…と思っても始まらない。そして……。
「今夜、夕食が終わったら、キミの部屋へ行くよ。時間、取ってもらえるかな？」
ミッキーの為《ため》の言い訳だけじゃなく、この旅行の最終日には言おうと思っていたことがある。
だから、それを申し出た修一に、ミッキーは膨らませていた頬を元に戻すと、打って変わった
笑顔を見せた。
「うん。待ってる♡」
思考回路がイージーなミッキーである。
(俺の部屋にやなぴーから来るってことは、昨日のことを反省して、やなぴーから仕切り直し
てくれるってことだよな？　うん、初体験はやっぱし相手から求められてこそだよね。やるじ
ゃん、やなぴー。これって下手《へた》な言い訳よりずっと良《い》いぞ)
単純に機嫌《きげん》を直したミッキーに、修一はこの場では余計《よけい》なことを言うのはやめておいた。夕
香やジョンもいる集団行動に、わざわざ気まずい雰囲気《ふんいき》を作ることはない。

（今夜また機嫌を損《そこ》ねられるにしても、団体行動で遊んでいる間まで不機嫌でいられるよりは良いさ）

いや、機嫌を損ねられると決まったものでもない。ミッキーが望んでいる言い訳より、多分、自分が正直に伝えようとしている気持ちの方が効力《こうりょく》がある。それでも、実情的にミッキーの機嫌を損ねる要素は充分にあるから、修一はこの場で口を噤《つぐ》んだのだけれど……。

「——修一……？」

突然背後から名前を呼ばれて、修一は足を止めて振り返った。

「……愛実《めぐみ》……？」

唖然《あぜん》とする修一に、周囲も足を止めて振り返る。そこで夕香が「あっ」と反応した。

「愛実ちゃん？　久しぶりね。すっごい偶然《ぐうぜん》！」

「あ、先輩。お久しぶりです。偶然っていうか……私の家、この近くで民宿やってるんです」

「あ、そっか。愛実ちゃん家《ち》って、お父さんが脱《だつ》サラするんで引っ越したんだもんね」

気心《きごころ》知れた様子で捲《まく》し立《た》てた夕香に、愛実はセミロングの髪をサラリと揺らしながら、修一に視線を向けた。

懐《なつ》かしそうな……けれど、それだけではない表情。それを受け止めた修一は、愛実だけに視線を向けながら言った。

「悪い。先に行っててもらって良いかな？」

「修一？」

修一の言葉に、疑問を音にしたのは愛実だった。しかし、その疑問は、すぐさまはにかんだ微笑に変わり、愛実は俯《うつむ》きながら小さく言った。

「……ありがと」

その遣《や》り取《と》りに、夕香はチラリとミッキーを気にし、それでもミッキーの首に片腕を回すと、もう一方の腕にジョンを呼び、両手に花でニコニコと言った。

「さっ、行きましょう。早くしないと昨日の場所が取られちゃうわ」

落ち合い場所を何気《なにげ》に指定した夕香に、修一は、

「サンキュー、姉さん」

と微苦笑《びくしょう》すると、愛実を促《うなが》して踵《きびす》を返した。

「ちょっ…ちょっと、夕香ちゃん？」

何やら訳ありっぽい二人に、ジタジタとするミッキーを力技《ちからわざ》で押さえ込み、夕香はジョンと一緒に引《ひ》き摺《ず》っていく。

「誰、あれ？　今の誰っ!?　やなぴーのこと呼《よ》び捨《す》てにして、やなぴーも呼び捨てにするなんてっ!!」

修一じゃなければ、女の子の名前を呼び捨てにするのも大して意味のあることじゃない。けれど、それが修一だから親しそうな少女が現れただけで気になる。

「まさか、昔の女っ⁉」

少女と連れ立って来た道を引き返してしまった修一に、ミッキーは大騒ぎ。それでも、まさか、それが肯定《こうてい》されるなんて微塵《みじん》の可能性にも考えてなかった。

「あら、いい勘《かん》してるわね。そうよ。中学時代の、ね」

「え……？」

「まっ、詳《くわ》しいとこは本人に直接聞いて。あたしも逐一《ちくいち》聞いてる訳じゃないから」

どちらにしろ終わったことだし、下手に隠《かく》すことでミッキーにしつこく騒がれて話が拗《こじ》れても堪《たま》らない。だから、夕香はあえてサラリと肯定したのだけれど、ミッキーは常にないシリアスな顔になってしまった。

（あちゃ☆　拙《まず》った…かな？）

ジタジタするのをやめて唯々諾々《いいだくだく》と歩き出したミッキーに、女の細腕で暴《あば》れる小猿《こざる》を引き摺る難儀《なんぎ》からは免《まぬが》れたものの、思いもよらなかった反応に夕香は少しうろたえた。それに、タイミングを外《はず》してジョンも聞いてくる。

〔ねえ、今の女の子、誰？〕

〔あ、うん。修一が中学生だった頃の彼女。クラブの後輩だったから、あたしも結構《けっこう》仲良かったの〕

〔へーっ、すっごい偶然だね。シューイチはハンサムだし、あの娘《こ》も可愛《かわい》いからすごくお似合

いなのに、別れちゃったなんて勿体無《もったいな》い。でも、男と女って色々あるから仕方ないね〕
〔——意外と大人なこと言うのね〕
〔うん、ちょっと言ってみた。わーい、大人っぽかった？　でも、ユーカは一緒に行かなくて良かったの？　あの娘《こ》の先輩で、仲良かったんでしょ？〕
〔色々あった男と女にまざるほど、あたしは酔狂《すいきょう》じゃありませーん。それに、あたしはあんた達の保護者だしね〕
こっちはいつも通りの反応。それに夕香は便乗《びんじょう》した。
〔あたしが気にしたってしゃーないわ。愛実ちゃんと会った偶然が悪い。それにミッキーの恋人は修一なんだから、あいつがフォローすりゃ良いでしょ〕
えらくおとなしくなってしまったミッキーを尚《なお》も気にしながら、それでも夕香はそう割り切った。

ビニールシートの上でポツンと体育座《たいいくずわ》りしているミッキーの元に、さんざん泳ぎ倒した夕香《ゆうか》とジョンが戻ってくる。
「今日のが波がなくて気持ち良《い》いわよ。ミッキーは泳がないの？」

〈あれ？　シューイチはまだ？〉

ミッキーは小さく首を横に振った。しょぼーんとし続けているミッキーに、夕香は両手を腰に当てると、いい加減《かげん》にしろとばかりの溜息《ためいき》をついた。

「ミッキーらしくないわよ。あの二人はもう終わった関係なんだし、落ち込むようなことじゃないでしょ？　気に入らないなら、いつもみたく修一《しゅういち》にガツーンと言えば済むことじゃない」

「……そーゆうんじゃないよ……」

アンニュイ過ぎるミッキーに、夕香は早々に白旗《しらはた》を揚《あ》げると、シートに腰を下ろした。そこに、サンオイルのボトルを手にしてジョンが擦《す》り寄《よ》る。

〈泳いだらオイルが落ちちゃったね。背中、塗《ぬ》ってあげる〉

〈あっ、サンキュー。気が利《き》くわね、ジョン〉

〈えへへ♡〉

和気藹々《わきあいあい》とする二人の隣《となり》で、ミッキーはそっと唇を噛《か》む。

（そんなんじゃない）

なんで今まで気づかなかったんだろう。そうだ、気づいてみればみんな合点《がてん》がいく。どんなに迫《せま》っても何もしてくれず、修一が世間体《せけんてい》ばかりをやけに気にしてたこと。修一がキス一つであんなにうろたえたこと。昨夜《ゆうべ》のレイプ扱い。

（そりゃ、俺はやなぴーが好きだけど……）

だから好きだと告白したけど、修一はミッキーに一言も『好き』だとは言っていない。押し切られて今の形に収まっただけだ。修一の性格じゃ、はっきりNOが言えなかったんだ。

それなのに、どうして自分は二人が恋人である絶対を、無条件に信じ込めたんだろう？『好き』の一言さえもらっていなかったのに、どうしてそれにさえ気づかずにいられたんだろう？

今まで考えもしなかったから気づかなかったことに、愛実《めぐみ》という少女の登場を切《き》っ掛《か》けにして、ボロボロと気づいていく。

（それに、一度付き合い出したら、やなぴーは自分から別れ話なんてできるタイプじゃねーもん。さっきの女だって、終わった関係ってんなら、やなぴーが振られたんだ。やなぴーはまだ……あの女のこと…好き…なんかな？）

そうじゃなければ、別れた女との偶然《ぐうぜん》の再会に、何故《なぜ》、わざわざ二人の時間を取る必要がある？　普通、再会するだけで気まずいものじゃないか？　それなのに、まだ修一は来ない。もう一時間以上は経《た》つのに、別れた女なんかと何をそんなに喋《しゃべ》ることがある？

普段、ライトで強気でマイペースすぎるからこそ、落ち込むことに免疫《めんえき》のないミッキーはこの機会にズブズブとナーバスにはまっていく。

（それに、あの女も『修一』って呼んでた。夕香ちゃんもジョンも『修一』なのに、俺だけ『やなぴー』なんて……）

くだらないことでまで落ち込む要素を穿《ほじく》り出《だ》して、ミッキーは景気良《けいきよ》く落ち込んでいった。

そこにようやく修一がやってくる。

「ごめん、遅くなっちゃって。まさか彼女の引っ越し先が、この近くだなんて思いもしなかったよ。

I'm sorry to have kept you waiting.」

夕香とジョンに詫《わ》びた修一は、次いでミッキーに向き直り、その様子に怪訝《けげん》そうな顔をする。

「どうしたの？　何かあった？」

「……なんでもない」

謝《あやま》るよりも理由を尋《たず》ねた修一に、ミッキーは素気《そっけ》無く答え、そこに夕香が口を挟《はさ》んだ。

「あんたが元彼女と二人でどっか行っちゃったから、拗《す》ねてるのよ」

「夕香ちゃん！」

「姉さん、喋っちゃったのか⁉」

ミッキーと修一の叫びがかぶるのをスルーして、夕香は笑顔でさっさと立ち上がった。

「痴話喧嘩《ちわげんか》は別荘に帰ってから二人でやってもらうとして、海に来たらやっぱりサザエの壺焼《つぼや》きと生ビールでしょう！　昨日《きのう》は堪能《たんのう》し損《そこ》ねちゃったしさー」

痴話喧嘩の原因の一端《いったん》を作っておきながら、反省よりも昼食に話題を持っていく姉に、修一は潔《いさぎよ》く諦《あきら》めるとそっとミッキーに耳打ちした。

「中学時代の話だよ」

それはとっくに夕香から聞いていたけれど、ミッキーは黙って頷《うなず》いた。

四人で海の家に向かう途中、擦《す》れ違《ちが》った女達が、

「見て見て、あの外人の男の子達、可愛《かわい》い♡　カメラ持ってくれば良かった〜」

「あの男の子もイケてるわよ」

「あの女、ハーレムじゃん」

などと、内緒話《ないしょばなし》にしては遠慮《えんりょ》のない声で会話を交わす。それすらもがミッキーの落ち込みに拍車《はくしゃ》をかけた。

（そうだ、やなぴーはカッコイイ。俺、やなぴーはイイ男だって解《わか》ってたのに、なんで昔の女…とかのこと考えたことなかったんだろう？　やなぴーみたいなイイ男が、一度も女と付き合ったことがないなんて、ありっこないのに……）

そこまで考えついたのなら同時に気づくべき関連事項まで考えが至《いた》らないのが結局はミッキーだった。

今夜、修一は部屋を訪ねてくると言っていた。そこでの修一の言葉は、愛実の登場によって予定と変わっているかもしれない。この一時間の間に、それは言い訳や弁解《べんかい》じゃなく、通達《つうたつ》になってしまったかもしれない。

『ごめん。彼女が今でも好きなんだ。彼女とやり直したいんだ』

――そんな別れの通達に……。

男同士であることに拘《こだわ》り続《つづ》けていた修一だ。いくらNOが言えない性格でも、そんな二者択《にしゃたく》一《いっ》は充分ありえる。

「ミッキーは焼きトウモロコシだろ？」

「……うん」

修一の言葉への返事も虚《うつ》ろ。ミッキーはこの日一日中被害妄想《ひがいもうそう》にとっぷりとのめり込み、心此処《ここ》にあらずで過ごした。根《ね》が単純なだけあって、落ち込みまくるのも簡単だった。


別荘に戻り、夕食が済むと、未《いま》だ憂鬱《ブルー》を引《ひ》き摺《ず》っているミッキーは、お茶もせずにさっさと自分の部屋へ引っ込んでしまった。

「ミッキーにしちゃ、しつこく拗《す》ねてるわね。それも、根気良く鬱々《うつうつ》と☆」

「う…ん」

拗ねるのも、いじけるのも、怒るのも、派手に元気なミッキーが、今回に限っては意気消沈《いきしょうちん》。食後のテーブルでティーカップを両手に包みながら冗談ごかしに言った夕香《ゆうか》に、修一《しゅういち》は生返事《なまへんじ》を返した。

〈ミッキー、どうしたの？　お腹でも壊《こわ》した？　昨日《きのう》、すごい寝相《ねぞう》だったからね。あっ、僕、ホワイトティーにしよっと。冷蔵庫にミルクあったよね？〉

ジョンだけは相変わらずの調子で、ティーカップを手にしてテーブルを離れると、パタパタとスリッパを鳴らしてキッチンへ走っていく。

修一はティーカップをソーサーに置くと、ゆっくり席を立った。

「ちょっと行ってくる」

「その方が良《い》いわね」

ひらひらと手を振る夕香に見送られて、修一はミッキーの部屋へと向かった。

夕香は修一が機嫌取《きげんと》りに行くだけの意味に取ったようだが、元々今夜はミッキーの部屋を訪ねることになっていた。それは、ミッキーが求めた言い訳の為ではなく、この旅行に来る前から修一が決めていたことだった。

〈途中で拗ねられても困るから、最初から最終日を予定してたのに、ミッキーはどうしたっていうんだ？〉

愛実《めぐみ》のことを気にしているのだろうか？　でも、それは中学時代のことだと既《すで》に伝えてある。終わったことであんなふさぎ方をするよりも、ミッキーだったらパワフルに言及《げんきゅう》してきて然《しか》りだ。勢いでレイプ発言してしまったことでも、あんなに元気に怒っていた翌日になってから、ナーバスに落ち込む原因に変わったとは思えない。現に今朝《けさ》までミッキーの怒りっぷりは元気だったのだから……。

根拠《こんきょ》がまったく思い当たらないミッキーのナーバスモードに、『これはタイミングが悪いかな？』とふと思い、思った直後に修一はそれを否定した。

（ナーバスなら、逆に浮上《ふじょう》する切《き》っ掛《か》けになるかも…っていうのは自惚《うぬぼ》れすぎか。それでも、理由を正直に話せばミッキーは喜びこそすれ、怒りはしないだろうし。――その理由から出した結果は別としても……）

なんにしろ、結局は話さなければならないことだ。修一は心を決めてミッキーの部屋をノックした。


「……え……？」

約束通り部屋を訪れた修一《しゅういち》。応接セットなんてないから、ベッドに並んで腰掛《こしか》け、修一からの言葉を待ったミッキーは、思わぬ切り出しに愕然《がくぜん》とした。

「だから…ね。夏休み一杯《いっぱい》で、キミの家庭教師のバイト、辞《や》めようと思うんだ」

修一は真摯《しんし》な表情で、その言葉をもう一度繰《く》り返《かえ》した。

いきなり結論から切り出すのが冒険なのは修一にも解《わか》っていた。それでも、あえて結論から切り出したのは、エイプリルフールによくある『悪い話が嘘《うそ》だと解ってホッとする』という心理を考えたからである。

どんな理由を並べたって結果《おわり》が悪ければ、総《すべ》て悪くなってしまう。逆に、先に悪い結果を知らせてから、正当な理由でフォローすれば終わり良ければ総て良しだ。

いや、その理由はフォローの為に用意したものではない。だからこそ、修一はこれでミッキーに納得してほしかったし、納得してもらえない可能性は考えたくなかった。

だって、修一はミッキーに恋愛対象としての好意を持っている。好きだからこそ、自分と等《とう》量《りょう》の好意と理解を相手にも持ってほしいのは感情の必然だ。まぁ、好意という感情のテンションで言えば、明らかにミッキーの方が高いのだけれど、だったら尚《なお》のこと、理解もしてほしい。

しかし、修一が可能性を否定したタイミングの悪さは、この時、思い切り効力《こうりょく》を発揮《はっき》した。

「ど…して……？」

ミッキーの青い瞳が、零《こぼ》れ落《お》ちそうなぐらい大きく見開かれる。そんな反応も、理由を尋《たず》ねられることも、修一にとっては想像するまでもないことだった。

……だけれど……。

「キミも解ってるだろうけど、僕は受験生だしね。それに……」

「受験を言い訳にするっ!?　それがやなぴーの出した答えな訳っ!?」

『それに、僕達は恋人同士なんだから、家庭教師なんてしていなくてもいつでも会えるだろう？　学校からはいつも一緒に帰っているんだし……』と続く筈《はず》だった修一の言葉を、ミッキーは続けさせなかった。

「俺は受験の邪魔《じゃま》だって訳？　俺、受験の為にやなぴーから切り捨てられちゃう訳ね！」

一見、元気を取り戻したようなミッキーの反論の声音《こわね》に、修一は目測《もくそく》を誤《あやま》った。

(受験に託《かこつ》けるなんて、気の弱いやなぴーっぽいよ！　あの女と縁《よ》りが戻ったから、俺はお払《はら》い箱《ばこ》だって……そう言えば良いのに……はっきりそう言えば良いのにっ!!)

そんなミッキーの心情に、修一が気づける筈もない。

「切り捨てる、なんて言ってないだろう？　ただ、キミは受験を甘く見すぎてるよ。此処《ここ》は日本だからね。バブルも弾《はじ》けて久しいから一層、学歴は将来の可能性を広げる。僕を好いてくれているなら、そういうことも考えてくれたって良いんじゃないかな？」

もっともらしい修一の理屈は、だからこそミッキーには詭弁《きべん》となった。

「あっそ！　やなぴーは俺より、自分の将来の方が大切な訳ね!!」

別れ話の弁解《べんかい》なんて聞きたくない。別れ話自体を聞きたくなんてない。だって、修一が好きなんだ。修一を手放したくない。修一と別れるなんて絶対に嫌《いや》だ。

いつでも自分の好きだけで手一杯《ていっぱい》で、好きという感情にばかり一生懸命《いっしょうけんめい》なミッキーは、修一の言葉に耳を傾《かたむ》けるどころか修一に言葉を紡《つむ》ぐ隙《すき》さえ与えない。

「何が将来の可能性だよ！　やなぴーはどーせおじさんの病院の後継《あとつ》ぐんだろ!?　それなのに

将来の可能性とか体《てい》の良いこと言って、結局、俺のことが邪魔になっただけじゃん!!」

「あのね、病院を継ぐって言うのは家業《かぎょう》を継ぐのでも特殊《とくしゅ》だから、その為にも医学を学ぶ大学から……」

「Hもしないうちから、俺は弄《もてあそ》ばれて捨てられちゃうんだ！　そうだよね、どーせレイプだもんね!!　やなぴーにとって俺はHする価値もない奴《やつ》なんだから、受験の為に切り捨てても当然だよなっ!!」

修一に別れの言葉を言わせたくなくて捲《まく》し立《た》てるミッキーは、その一心《いっしん》で墓穴《ぼけつ》を掘っていく。

だけど、勢いがついてしまった唇の暴走は止まらない。

「どーせやなぴーには遊びだったんだ！　どーせどーせ好きなのは俺だけで、やなぴーは俺のことなんてどーでも良かったんだよなっ!!」

なんとか自分の気持ちを伝えようとしていた修一は、ミッキーが並べ立てる罵詈雑言《ばりぞうごん》に堪《た》えていたが、

「俺がやなぴーのこと好きなの知ってて、やなぴーは俺を弄んだんだ!!」

という一言でついに、こめかみでプツッという音を聞いた。

「いい加減にしないか!!」

穏《おだ》やかな性格は、聖人君子《せいじんくんし》の証《あかし》じゃない。優柔不断《ゆうじゅうふだん》は何があっても妥協《だきょう》してしまうということへの絶対の保証ではないし、ましてや荒《あら》ぶる感情を持っていないことにもならない。

思わぬ修一の激昂《げっこう》に、ミッキーはビクンッと身体《からだ》を震《ふる》わせた。怯《おび》えた小動物のようなその反応に、いつもの修一であればハッと我に返って態度を改《あらた》めていただろう。しかし、逆切《ぎゃくぎ》れした精神状態に、その反応は火に油を注《そそ》いだ。

「キミこそ、僕をなんだと思ってるんだ!? 僕はキミの都合に合わせた恋人をしてなきゃいけないのかい!? 僕がキミを弄ぶ前に、キミは僕の都合や気持ちを少しでも考えてくれたことがあるの!?」

そんなことを言うつもりはなかった。これはミッキーの暴言に煽《あお》られた一時の感情で、伝えたかった感情は別にある。しかし、高ぶり切った感情から理性を生み出せるほど修一も大人ではなかった。

「キミの言う『好き』って一体なんな訳!? キミは僕を好きだと言い、恋人だって言うけど、キミの態度は気に入った玩具《おもちゃ》に対する子供の執《しゅう》着《ちゃく》とどこが違うの!?」

自分の口から出たとは思えない過言《かごん》に、修一自身が冷水《れいすい》を浴びたようにハッとする。そりゃ、先に気炎《きえん》を吐いたのはミッキーだったけれど、ここまで言ってしまっては大人気《おとなげ》ないにもほどがある。

「ごめん、ミッキー! 僕が言いたかったのは、そんなことじゃなく……」

慌《あわ》てて取《と》り繕《つくろ》おうとした修一の目前で、見開かれたミッキーの双眸《そうぼう》からボロボロと涙が零れ落ちた。

「ミ……」

「うっ…わ――――んっっっ」

それこそ幼い子供のような泣き声を上げると、ミッキーはベッドから立ち上がった勢いで、修一に止める暇《いとま》も与えず、部屋から飛び出していってしまった。

唖然《あぜん》とした修一の頭に浮かんだのは、『やってしまった』の一言。けれど、いつまでも呆《ほう》けてはいられない。だって、あれじゃ完全に誤解された。だって、修一はミッキーを好きなのだから……。

「ミッキー!!」

修一もベッドから腰を上げると、急いでミッキーの後を追った。


昼間は所狭《ところせま》しと溢《あふ》れていた海水浴客もおらず、建ち並ぶ海の家も森閑《しんかん》とした浜辺《はまべ》。遠くでカップルが一組だけ花火をしているが、それが一層惨《みじ》めな気分になる。

ミッキーは直《じか》に座った砂浜で、えぐえぐと膝《ひざ》を抱《かか》えて泣いていた。

修一《しゅういち》に言われるまで、修一の気持ちなんて考えたこともなかった。ただ修一を好きなことばかりに一生懸命《いっしょうけんめい》で、でも、だからこそ修一の気持ちが自分にないなんて不安も、ずっと考えずにいられた。

――少なくとも今朝《けさ》までは……。

それでも好きだから放《はな》したくない、離れたくない。それこそが『気に入った玩具《おもちゃ》に対する子供の執着《しゅうちゃく》』かもしれないけれど……。

「それでも、やなぴーが……好き…なんだよォ」

「――知ってるよ。キミは感情表現がストレートだからね」

グズグズと独《ひと》り呟《つぶや》いた恨《うら》み言《ごと》にいきなり返事をされて、ミッキーは涙でぐしょぐしょになった顔で振り返った。

「……う…っ」

また子供のような泣き声を上げそうに顔を歪《ゆが》めたミッキーに、修一はヒヨコ色の髪をクシャリと掻《か》き混《ま》ぜた。

「泣かない、泣かない。それに、自分が言いたいことを言うだけじゃなく、少しは人の話も聞きなさい」

それから、ミッキーの隣《となり》に静かに腰を下ろすと、修一は微苦笑《びくしょう》でミッキーの顔を覗《のぞ》き込《こ》んだ。

「まず……もう一度、ごめん。あんなこと、言うつもりじゃなかった」

ミッキーは泣きながら小さく頭《かぶり》を振った。

「や…やなぴーの言った…の……ほんと…こと…だ」

「でも、ごめん。僕はもっと別のことが言いたかったんだ。それを聞いてもらえなくて癇癪《かんしゃく》起こすなんて、僕の方が子供みたいだね」

ミッキーはまた小さく頭《かぶり》を振る。それに修一はミッキーから外した視線を目前の海に向けると、一つ深呼吸して、言いづらそうにしながらもその言葉を紡《つむ》ぎだした。

「家庭教師は、今月一杯《いっぱい》で辞《や》めるよ。だって、バイト代をもらって勉強を教えに行ってるのに、そんな真摯《しんし》な気持ちでキミを教えていられなくなってきていたからね。週に一度くらいの家庭教師の時間だけを考えれば、自分の受験勉強の息抜きにも掏《す》り替《か》えられるし、キミと二人の時間は楽しいからついズルズルと続けてしまっていたけど……。

勉強を教えに行ってる筈《はず》なのに、キミに対する気持ちばかりが高まってきてた。そういうの、良くないよ。僕自身、義務《バイト》をまっとうしないで権利《バイト料》を得るっていう精神的負担は、正直言ってきついから」

キミも僕のバイトに協力するほど真面目に勉強してくれないし…という愚痴《ぐち》を省《はぶ》いた、真面目な修一らしい潔癖《けっぺき》な意見。でも、バイトを辞める理由のポイントでありながらはっきりと言葉にされない想いは、ミッキーにとってはずるい言《い》い逃《のが》れだった。

「……嘘《うそ》つき……」

だから、涙声でそれを言ったミッキーに、修一は夜の海から視線をミッキーへと戻す。

「嘘つき？　僕が？　どうして？」

「だって…嘘…じゃん。昼間の女と…縁《よ》り…戻っ…だろ？　俺、お払い箱《はらいばこ》……」

「なんでそうなるんだよ？　彼女とは中学時代のことだって言っただろう？」

「で…でも、わざわざ二人でいなく…なる…し、それに……やなぴーから振るなんて、ありっこない…じゃん。まだ…好き…なんだろ？」

中学時代の彼女と再会したからって、どこをどうしたらそんな考えに行き着くんだ？　単純明快《たんじゅんめいかい》なミッキーらしいと言えばミッキーらしいが、修一は唖然《あぜん》としてしまう。それから、自分の性格を顧《かえり》みて、『ああ』と自嘲《じちょう》した。

「確かに僕は優柔不断《ゆうじゅうふだん》だし、自分の意見を言って角《かど》を立《た》てるぐらいなら、黙って流しちゃう傾向もあるけど、最低限のYES《イエス》・NO《ノー》ぐらいは言えるよ。ただ、彼女とはそれが中途半端《ちゅうとはんぱ》になってしまっていたのが気がかりだったから、今日、ちょっとだけ二人で話したかったんだ。彼女の方も、そういう感じだったしね」

修一は言いづらそうに一呼吸置くと、それでも先を続けた。

「自分でもこの性格は直さなきゃと思っているんだけど、僕は溜《た》めるだけ溜めてしまってから負担が不満になるところがあるらしくてね。好きで付き合いだした女の子だし、嫌いになった訳じゃなかったんだけど、彼女の……依存型《いぞんがた》の性格が付き合っていくうちに重くなってしまって、ね。僕から別れ話を切り出したんだけど、彼女に泣かれて……その……有耶無耶《うやむや》のうちに彼女が引っ越してしまったんだ。三年以上前の話だから時効《じこう》だとは思うんだけど……。

僕から振る筈がないどころか、こんな理由で……なんて、軽蔑《けいべつ》した？」

ミッキーは飽《あ》くことなく頭《かぶり》を振る。

軽蔑なんてしない。負担や不満の中で嫌いになるまで我慢して付き合ったって仕方がない。その別れ方は、蔑視《べっし》に値《あたい》することじゃないと思う。

でも、兎角《とかく》後ろ向きになっている時だから、ミッキーは自分に都合の悪い答えばかりを勝手に導《みちび》いてしまう。

「俺…も……？　やなぴーのこと、考えもしないで……自分勝手…だから、重くなった…ってこと……？」

「そんなだったら、彼女に『今、付き合ってる人がいる』なんてわざわざ言ったりしてないよ。もっとも、その相手が男の子だとまでは言えなかったけど……」

ミッキーは驚駭《きょうがい》に双眸《そうぼう》を見開いた。

今、付き合ってる相手がいると、彼女に言った？　そんなのは初耳だ。それが本当なら嬉しいけれど、だからこそ信じられない。

「でも…っ」

「彼女もそういう人がいるって言っていた。だから、偶然の再会で中途半端だった過去が完全に清算《せいさん》できて、お互いにすっきりしたよ」

「でもでも…っ。やなぴー、俺に好きだって一度も言ってくれないじゃん！　俺と付き合いだしたのだって、俺が好きだって言って迫《せま》ったからで……やなぴーはそれを断れなかっただけで……!!」

「それこそ、何言ってるの？　断れないなんて理由で、男の子と付き合ったりはできないよ。それなら、今まで告白してくれた女の子達と、とっくに付き合ってただろうし、愛実《めぐみ》……彼女とも最初から別れ話なんてしてないだろ？」

「……え……？　あ…っ！」

鼻はまだグズグズしていたけれど、ミッキーの涙がようやく止まった。

そうだ、修一はカッコイイから女の子と付き合ったことがない筈はないと思った。その時、どうしてそこまで気づかなかったのだろう？

ルックスだけじゃなく頭も良い修一は、スポーツ万能かどうかは解《わか》らないけど、今回の旅行で見せた達者《たっしゃ》な泳ぎは運動音痴《うんどうおんち》とは程遠《ほどとお》い。優柔不断なところだって、見方によってはそれまでが優しさに映《うつ》る。それで女にもてない筈がない。

それなのに、修一はミッキーと付き合っている。男同士であることに世間体《せけんてい》を気にしながらも、修一はミッキーの恋人だった。

「でも……でも……」

それでも、珍しく目一杯《めいっぱい》どん底まで沈んでいたミッキーは、一度生まれた猜疑心《さいぎしん》を中々《なかなか》捨てられない。

「それにしちゃ、彼女と話してる時間、長かったじゃないか！」

「それは……ちょっと……彼女と話してるうちに、他に用事を思いついて……」

「それに、夜這《よば》いかけたらレイプって！」

「だから、心の準備ができてなかったって言っただろう？」

「それに、あの女も夕香《ゆうか》ちゃんもジョンも、やなぴーのこと『修一』って呼ぶのに、恋人の俺だけ『やなぴー』だし…っ!!」

「それ、キミが勝手にそう呼び出したんじゃないか。僕としては『やなぴー』より『修一』って呼び捨てにされた方が、まだ抵抗感がないよ？」

一応は浮上《ふじょう》してきたのか、元気を取り戻しながら愚図《ぐず》るミッキーに、修一は『そんな理由であんなに落ち込んでいたのか』と呆《あき》れと同時に理解する。

「……まぁ、そーゆうミッキーを好きになっちゃったんだから、仕方がないんだけど……」

「えっ？」

修一は意を決してミッキーに顔を近づけた。

「——大好きだよ、ミッキー」

修一からミッキーに向けられた、初めての言葉。それは修一の心の中では何度も繰《く》り返《かえ》されていたものだし、サマンサや夕香に対しても口にしていた言葉だったから、まさかミッキー本人に言っていなかったなんて、修一も気づいていなかった。

自分の間抜《まぬ》けぶりに吐き出す溜息《ためいき》に乗せたようなそれは、波の音に飲み込まれて消えてしまいそうな囁《ささや》き。聞き取りづらかったそれをミッキーが聞き返すより早く、ミッキーの唇はしっとりと修一に塞《ふさ》がれていた。

ミッキーが勢い任《まか》せにした二度のキスとはまったく違う、それは本物の恋人のキスだった。

海から別荘まで、修一《しゅういち》に手を引かれて帰ったミッキーは、それが地元じゃないからの行為《こうい》だと考えるよりも、落ち込んでいた分まで機嫌《きげん》を取り戻す。

「修一」

「何？」

「えへへっ、呼んだだけー♡」

そんな馬鹿《ばか》な遣《や》り取《と》りをしながら、ニコニコで帰ったミッキーは、別荘に着いても手を放さない修一の部屋へと導《みちび》かれて、不思議《ふしぎ》そうな顔をした。

「やな……修一？」

「キミが先にシャワーを浴びる？」

部屋のドアを閉めた途端《とたん》、頬《ほお》を引きつらせて言った修一に、ミッキーは意味を図《はか》りかねて首を傾《かし》げた。それに修一は頬を引きつらせたままで苦笑し、ジーンズの後ろポケットからそれを取り出した。

「——やりたかったんだろう？　彼女と別れた後、コンビニを探してて遅くなったんだ」

修一が手にしているのは、まだ封《ふう》の切られていない三個入りのスキン。

「彼女に付き合っている人がいるって告白して、すごく好きな人だって言った自分の言葉で…覚悟…したから。それに、今日はキミの誕生日だしね」

「あ…っ」

誕生日のことなんて、すっかり忘れていた。それじゃ、誕生日プレゼントに初体験？

スキンの意味は理解したものの、ミッキーは別の疑問でまた首を傾げる。

「でも、なんでそんなんがいるん？　俺達、避妊《ひにん》の必要なんてないじゃん」

「あの……まだそこまでの勇気は……」

「勇気？」

「あ……いや、その……」

言いよどむ修一に、ミッキーはその手から三個入りのスキンを取り上げて、それをマジマジと見つめた。

「誕生日プレゼントにしても、いきなりな思い切りじゃん。これ、修一が用意してくれた言い訳でもあるん？」

ミッキーの質問に、修一の苦笑が濃《こ》くなる。

「言い訳…のつもりはなかったよ。昨日《きのう》、ミッキーに夜這《よば》……いや、その、あの時、僕は…反応…してた訳だし……」

「反応…って、えっ？　修一がっ⁉」

「そ…それぐらいはするよ。恋人にあれだけ露骨《ろこつ》に迫《せま》られて、まったくその気にならなかったら、嘘《うそ》、だろう？　だから、その分も焦《あせ》って、あんなこと言っちゃったんだよ」

修一の説明に、嬉《うれ》しいよりも疑問がつのる。

「だったら、食っちゃえば良かったじゃん！　据《す》え膳《ぜん》どころかデリバリーだったんだからさ。ゴムの用意がなかったのが、そんなに支障《ししょう》だった訳？」

スキンがなかったのは修一にとって多大なる支障だけれど、あの時はそこまで考えている余《よ》裕《ゆう》はなかった。ただ、『心の準備ができていない』と言った言葉の通り、勢いだけでその一線《いっせん》を越えるには、培《つちか》ってきた常識観《じょうしきかん》が強すぎた。

「気持ち的には家庭教師をしていられないところまできていた。でも、やっぱり……僕達は男同士、だからね。そうなってしまっても、僕はキミに将来を約束してあげられない」

「はぁ？　何言ってるの？　将来の約束って何？」

「だから、結婚…とか……」

「結婚〜っ？　俺達、高校生だぜ？　男女だって、結婚なんて考える年齢《とし》じゃないじゃん。それに、俺は責任取れなんて言わないって言っただろ？」

「年齢の問題だけじゃないんだよ。今、好きだからって気持ちだけで、そういうのって…遊び…みたいじゃないか。それに、僕は……男同士っていう抵抗感がまだどうしても捨てられない。それでも…反応…するところまでいっちゃってたんだし……。どうせやらなきゃいけないことなら、キミの言う通りさっさと済ませ……あっ」

最後の失言《しつげん》に、修一はバッと自分の口を押さえ、ミッキーは頓狂《とんきょう》な表情をする。多分、次はムッとして反論してくるのだろう。そんな修一の予測に反して、ミッキーは破顔《はがん》した。

「修一らしいね、そーゆう真面目《まじめ》な考え方。そしたら、俺なんか刹那《せつな》主義の快楽主義のちゃらんぽらん野郎みてぇ」

「そ…そんなつもりで言ったんじゃ…っ」

「でも、俺、ちゃらんぽらんじゃなく修一が好きだよ。今がよければそれで良《い》いってんじゃなくてさ。今、修一が大好きだから責任とかよりそーなりたいって思ってた。それって、不謹慎《ふきんしん》なことじゃないだろう？　そりゃ、修一が俺のことで結婚《せきにん》まで考えてくれてたってのは嬉しいけどね」

そう言った後、ミッキーはぺろりと舌を出した。

「なーんてね。今、咄嗟《とっさ》に考えたんだけどさ」

それに修一は、苦笑から微笑に笑みを変えた。恋愛は理屈でするものじゃないけれど、ミッキーを好きになった理由が、この時、本当の意味で解《わか》った気がした。

本当は、責任云々《うんぬん》よりも男同士でそういう行為をするという抵抗感がまだ抜けない。ミッキーが好きで、身体《からだ》もそれに反応はするけれど、精神面がついてこない。それでも、今夜、そうなっても良いと改めて覚悟《かくご》が決まった。

「それじゃ、シャワー……」

「う〜ん」

ミッキーは唸《うな》ると、手にしていたスキンを自分のジーンズのポケットに押し込んだ。

「やめやめ。今回はロストバージン諦《あきら》めた。だから、コレだけ誕生日プレゼントとしてもらっておくね」

「ミッキー？」

「だってさ、修一が拘《こだわ》ってる男同士っての、世間体《せけんてい》だけじゃないだろ？　そりゃ、俺の為に決死の覚悟っての決めてくれたのは嬉しいけど、それこそ清水《きよみず》の舞台《ぶたい》から飛び降りるつもりでやってもらってもさー。

それに、さっき言われたばっかじゃん。俺も修一の気持ち、考える。俺がやりたいだけであげちゃうんじゃ俺のバージンが勿体無《もったいな》いし、童貞《どうてい》と違って処女《しょじょ》は取っといても腐《くさ》るもんじゃねーし」

「腐るって、あのね……」

「最初のキスは俺からしたんだから、Hは絶対に修一に抱いてもらおうって思ってたんだけど、形だけじゃしゃーないもんな。やっぱ、自主的に修一から求めてもらわねーと」

うんうんと独りで納得するミッキーに、必死の覚悟を決めていた修一は拍子抜《ひょうしぬ》け。だけど、そこでの安堵《あんど》は否《いな》めない。

実際のところ、ミッキーは修一の感覚を本当には理解できてはいないだろう。だが、形だけでも理解の姿勢を持ってくれたのは大した進歩だ。

「だから、腐らないうちに本気でその気になってよね。俺、気ィ短いからさ」

そんなところは、やっぱりミッキーだ。そこに今夜もノックが三回。

〔シューイチ、今夜こそ一緒に寝て。だって、昨日はミッキー、一昨日《おととい》はユーカだったから、今日はシューイチの番だよ〕

——枕を抱《かか》えてやってきたジョンに、ミッキーの取った行動は昨夜《ゆうべ》とまったく同じものだった。

別荘での最後の朝、四人が顔を揃《そろ》えたリビングで、ミッキーは修一《しゅういち》にいきなりのキス。

「おっはよ、修一♡」

「ミ、ミ、ミッキー！　こんな人前でっ!!」

「いーじゃん、どーせ夕香《ゆうか》ちゃんとジョンしかいないんだし。修一が男同士なの気にするから、外じゃやんないしさーっ」

「そーゆう問題じゃないよっ!!」

案の定《あんじょう》、やっぱりミッキーは解《わか》っていない。それでも、最低限には修一の『男同士を気にしている』を自分から意識してくれるようになっただけ良しとしておくしかないだろう。……本当に最低限だけれど☆

朝からベタベタと修一に纏《まと》わり付《つ》くミッキーに、夕香は呆《あき》れ顔で溜息《ためいき》。

「あんだけ落ち込んでたと思ったら、昨日《きのう》の今日で随分《ずいぶん》とラブラブじゃない？　『やなぴー』からいきなり『修一』になってるし。ついに一線《いっせん》越えちゃったか」

それに修一がギョッとするより早く、ミッキーがケラケラと笑う。

「ダメダメ。修一の男同士への抵抗感ってのがもちっと薄れるまで待つことにしたの。まっ、キスで少しずつ免疫《めんえき》つけてってもらうってことで。俺ってば大人だねーっ」

そういう言い方でペラペラと内情を暴露《ばくろ》してしまうあたりが、やっぱり解ってない。そこで、もっと解ってない奴が口を挟《はさ》む。

〔シューイチとミッキーって、本当に仲良《い》いんだね。マウス・トゥ・マウスでキスなんて、僕、家族とも滅多《めった》にしないよ〕

英語が解らないミッキーは置いといて、修一と夕香はギョッとジョンを振り返る。

〔ジョン、あなた……本当に気づいてない訳!?〕

〔え？　何が？〕

修一が口を開くより早く聞いた夕香に、ジョンはキョトン。そんなジョンに、ミッキーは不敵な笑い。

「ふっふっふ、ジョーン。つまり、俺と修一はキスを踏《ふ》み台《だい》にして、いずれはHしちゃうぐらいラブラブな訳だ。横恋慕《よこれんぼ》したって無駄《むだ》なんだから、さっさと修一のことは諦《あきら》めな」

それに修一と夕香は、再びギョッとして回れ右。

「ミッキー!?　あんた、本気だったの!?」

「本気って、何が？　そりゃ、俺の修一に横からちょっかい出す馬鹿《ばか》を、冗談で牽制《けんせい》したりはしねーけど？」

「——本気で言ってる…らしいわね」

つまり、朝からのキスにはそういう二重の意味があったらしい。とはいえ、どこをどう取ったらこのジョンが修一に横恋慕していると本気で思えるのかが謎だ。だが、それを面白《おもしろ》がって煽《あお》っていた節《ふし》のある夕香は賢明《けんめい》にもそこで口を噤《つぐ》む。そして、ミッキーはミッキーなりに色々悩んでいたらしいということは、昨日より今日の方が修一にも解った。

それと、もう一つ——…。

（僕、自分がミッキーに好きだって言ってなかったって気づいていなかったけど、多分、それを言う隙《すき》がなかったんだな）

午前中一杯《いっぱい》はまた海で過ごし、帰路《きろ》についた四人。まがりなりにも保護者の名目がある夕香《ゆうか》は、修一とともにティアニー家までお子様二人を送り届けた。

「まぁまぁ、みんな焼けたわね〜。夕香ちゃんと修一《しゅういち》くんにはお世話になっちゃって。どうもありがとう」

「とんでもないです。あたし達も楽しかったし」

満面の笑顔で迎えたサマンサに夕香も笑顔で答える。

「お茶、していくぐらいの時間はあるのかしら？　それとも、冷たいジュースの方が良《い》い？」

「ん〜っ、冷たいジュースには惹《ひ》かれるんですけど、今日は帰ります」

そんな会話を玄関先で交わすサマンサと夕香の横で、ミッキーは修一を手招きして爪先立《つまさきだ》ちすると、寄せられた顔にそっと耳打《みみう》ちする。

「誕生日プレゼント、ありがと。古くならないうちに使おうね」

「えっ？」

「一応、修一の気持ちもあそこまではいったんだし、夏休みはまだまだ残ってるんだしさ」

修一の耳と寄せた唇を隠すようにあてた手の陰《かげ》で、ミッキーはこっそりとその耳朶《みみたぶ》にキスをした。

「ミ…ミッキー！」

修一は真っ赤になってうろたえ、ミッキーは悪戯《いたずら》っ子のように笑ってペロッと舌を出す。その頃には、サマンサと夕香の別れの挨拶《あいさつ》も終わっていた。

「どうしたの、修一くん？　顔が赤いけど、疲れが出たのかしら？」

「馬鹿《ばか》ね、夏風邪《なつかぜ》？　家《うち》まではしっかり歩いてよ」

周囲に知られなかったことは良かったけれど、玄関先でキスだなんて、ミッキーの学習はどこに行ってしまったのだろう？

そこで改めて嫌《いや》な予感が復活。

男として恋人に反応したことを告白してしまった。一度はその行為への覚悟も決めてしまった。状況とタイミング、それとミッキーの思考回路に救われて事無《ことな》きを得《え》はしたけれど……。

「それじゃ、僕達はこれで……」

背筋に走った悪寒《おかん》を隠しながら修一もサマンサに一言だけ挨拶すると、夕香と二人でティアニー家を後にする。

自宅へと向かう道すがら、赤いんだか青いんだか判《わか》らなくなった顔色で考え込む修一に、夕香はツラッと言い切った。

「やっぱこの夏は、童貞喪失《どうていそうしつ》の覚悟をしといた方が良いみたいね」

「ねっ…姉さん!?」

「そーゆうことなんでしょ？　いーじゃん、いーじゃん、後生《ごしょう》大事に取っとくもんでもないんだしィ」

そういう問題じゃないと思う。それにしても、サマンサと会話しながら、この姉はしっかりとこっちにもアンテナを立てていたのか。

「…………」

修一は何も答えずに、新たになった危機感を独《ひと》りでこっそり抱え込んだ。

──そして、その頃、ティアニー家では……。

〔ジョンは日本の海って初めてだったから、臭《にお》いが辛《つら》かったでしょう？〕

〔最初だけね。でも、楽しかったよ。焼きトウモロコシと焼きイカが美味《おい》しかったの。サザエの壺焼《つぼや》きは苦《にが》くてダメだったけど、海で食べたんだよ〕

〔まぁ、良かったこと〕

リビングのテーブルに二人分のジュースを用意し、ジョンの頭を子供扱いに撫《な》でたサマンサは、ようやく息子を振り向いて、久し振りの日本語で話しかけた。

「それで、あんたはどうだったの？　修一くんと一緒ってだけで、楽しかったのは解《わか》ってるけどね」

「うん。あっ、修一ね、今月一杯で俺の家庭教師辞《や》めるって」

「えっ？」

「恋する受験生は大変だよね～」

そう言いながら、たかが三日ぶりの母親との再会を懐《なつ》かしむより、ミッキーは肩にかけていた荷物も下ろさずにグラスのジュースを一気飲みすると、さっさと階段を上がって自室に向かってしまう。

「ちょっと、ミッキー？　修一くんがバイト辞めるって、どーゆう……」

サマンサがそれを言い切らないうちに、ミッキーの部屋のドアがバタンと閉じる音がする。

サマンサはしきりと首を捻《ひね》った。

（修一くんがバイトを辞めるってのは、受験生なんだから仕方ないけど、なんだってあの子、あんなに機嫌《きげん》が良い訳？）

不貞腐《ふてくさ》れて、駄々《だだ》を捏《こ》ねて、大騒ぎして良い筈《はず》のミッキーなのに…と、母は納得がいかない。恋人と泊りがけの旅行から帰宅した息子の機嫌が良い訳は一つしか思いつかないけれど、夕香やジョンも一緒だった旅行であの修一がそれをできたとも思えない。

（でも、いきなり修一くんに対する呼び方が変わってるし、やっぱり何かあったのかしら？）

う～ん…と唸《うな》りながらクエスチョンマークを飛ばしまくるサマンサと無邪気《むじゃき》にジュースを飲

むジョンを階下に置き去りにして、自室に戻ったミッキーはというと、旅行の荷物を部屋に放り出すと同時に鏡《かがみ》へと向かう。

(修一がバイトを辞めちゃうまで、後《あと》半月。若者が解放感に満ち溢《みあふ》れて青春する夏休みも、後半月。まだまだチャンスはあるもんな)

誕生日に別荘で初体験する計画は失敗に終わったけれど、それも満更《まんざら》失敗じゃない。修一の気持ちは解ったんだし、覚悟だけなら修一も決めてくれた訳だし。

だったら、今度こそ本番。今回はミッキーが大人になったんだから、次は修一が大人になる番。しっかり修一からその気になってもらって、自主的に求めていただきましょう！　負けられません、勝つまでは!!

「だって、俺は修一が好きなんだもーん♡」

『欲しがりません、勝つまでは』なんて言えないぐらい好きだから、その為の努力は惜《お》しまない。

鏡を覗《のぞ》き込《こ》んだミッキーは、早々に秘儀受顔《ひぎうけがお》を悩殺受顔《のうさつうけがお》にする為の訓練を始める。

「これだけ協力すりゃ、修一だって自主的にムラムラッとくるよな。こなきゃ嘘《うそ》だぜ」

そういうのを自主的と言って良いのかどうかは解らないが……。

――やはり、どう転んでもミッキーはミッキーだった☆

ロミジュリで行こう！

父の病院の敷地内で、最近よく見かける可愛《かわい》い娘《こ》。ヒヨコ色の頭と青い瞳だけで目を引かれるには充分だったけど、それだけじゃなしに視線を吸い寄せられていた。なんとなく……気になっていた。

その彼女から恥じらうように、

『こんにちは。よく会うよね？』

と声を掛けられて、

『父が此処《ここ》の院長だから……。自宅も隣だし……』

とドギマギしながら応《こた》えたのを切っ掛けに会話を持ち、その会話が途切れなかったから、病院敷地内の散歩道にあるベンチに並んで腰掛けた。

ちょっと、初恋の気持ちに似ていた。邪《よこしま》な下心を簡単に抱《いだ》けるような性格じゃないし、外見に対する好みだけで恋をするような性質もしてないけれど、恋の始まりには充分なときめきがあった。金髪碧眼《きんぱつへきがん》に騙《だま》されるとかじゃなく、彼女は本当に天使のようだった。

——彼を彼女だと信じていられた間は、本当にそう思っていた。

『そうか、一〇二五室に入院しているティアニーさんの息子さんだったのか……って、えっ、息子!?』

『そっ。一応立場だけは目に入れても痛くない一人息子らしいから、仕方なく見舞いに来てんだけどさ。

ったく、親父《ジョージ》の馬鹿たれが。研究に没頭しすぎて睡眠時間はまだしも愛妻料理《メシ》まで蔑《ないがし》ろにして、俺にとばっちりがくるぐらいお袋《サム》の機嫌損ねた挙句、研究室《ラボ》で気を失うように眠ったら起きられなくなってました…なんて、自業自得だっつーの！　それなのに、なんだって俺が時間割《さ》かなきゃなんない訳？　友達に借りたエロゲー、今が丁度良《い》いとこだってのに!!』

ルックスからのイメージがガラガラと崩れていく。ある程度の会話で緊張がほぐれたにしても、この言葉遣《づか》い。おまけに、エロゲーだって？　エロゲーってのは、つまり、エロいゲームのことだろう？　そーゆうのって十八禁指定とかが入ってるもんじゃないのか？　とてもじゃないが、十八歳を越えてるようには見えないのに、エロゲーなんてやって良いのか？

いや、問題はそんなことじゃない。息子ってことは、男だっていうことで……。つまりは、男相手に無駄にときめいてしまっていた訳で……。

『そーいや、あんた、途中で英語に切り替えようとしたじゃん？　俺、英語ってからっきしダメなんだよね～。ねぇねぇ、あんた、俺の家庭教師やってよ。俺としちゃ英語が喋《しゃべ》れなくても全然かまわないんだけど、中三の受験生にゃ英語は避けて通れない道なんだよね～』

中三……十八歳を越えてるどころか二つも年下じゃないか。そりゃ、外観の幼さからして、年上だなんて思ってもいなかった。彼女……いや、彼から見たってこっちが年上であることを踏まえているから、家庭教師なんて単語が出てくるんだろう。それなのに、『あんた』呼ばわりとは……。

それには彼も気づいたらしい。

『あんたって呼び方もないよな。でも、俺、あんたの名前知らないし……。あっ、俺はマイケル・ティアニーっての。あんたは？』

それでも『あんた』を連呼する彼の笑顔が可愛かった。その上、彼の家庭教師依頼があまりに強引で熱心だったから、つい頷いてしまった。

『ふ〜ん、柳川修一《やながわしゅういち》かぁ。柳川だったら、やなぴーだね。ヨロシク。俺のことはミッキーでいいからさ』

大天使ミカエルと同じ名前でありながら、天使だなんて錯覚《さっかく》でしかなかった彼に、この日だけでも幻滅のレベル。それなのに、うっかりと引き受けてしまった家庭教師の日々に、可愛いと思う気持ちは増していった。

そして――男同士でありながらの彼からの告白を受けた時、度肝《どぎも》を抜かれながらも頷いてしまったのは惰性《だせい》ばかりじゃない。

『俺、あの病院でやなぴーのこと見るたびにすっごく気になってたんだよね。んで、声掛ける機会、虎視眈々《こしたんたん》と狙ってたの。家庭教師になってもらえただけでラッキーだったのに、ステディになれちゃうなんて超ラッキー♡』

その時、ペロッと舌を出した仕草が可愛かった。でも、可愛いと感じたのは仕草だけのことじゃなかったから、これはもうお手上げだろう。こうなったら、彼を彼女だと勘違いしただけの一目惚《ひとめぼ》れじゃ済まない。

彼女が彼であっても、勘違いな一目惚れの延長であっても、この恋心はしっかりと成長している。一人歩きしだしている。好きな部分を箇条書《かじょうが》きにすることはできても、どこを好きになったのかを断言できないぐらい、彼が好き。

だったら、諦《あきら》めるしかないでしょう？　これは一目惚れによる勘違いだったでは誤魔化《ごまか》せない恋でしょう？　可愛いと思う感情は、確かに恋のバロメーターの一部なんだから……。


「……一？　修一《しゅういち》ってば。お～い」

「え？」

「え？…じゃないって。家庭教師最終日で気が抜けた？」

やり終えた問題集を手渡してくるミッキーに、修一はハッと我に返ると同時にそこに書かれている間違った答えに目を留めた。

「やっぱり、ここ、引っ掛かってるね」

「げっ、また間違ってた？」

「これは仕方な…くもないか。付加疑問文と一緒に、かなり丁寧に教えたところだよ。

つまり、これが日本語と英語の表現の差異なんだ。英語のgoとcome、日本語の『行く』と『来る』はその典型で、ここの答えは『I'm going.』じゃなく『I'm coming.』になる訳」

「えーっ、I'm comingなんておかしいじゃん！」

「だから、それが表現の差異。goは相手側に移動することを表して、comeはそこから外部に移動することを表すんだ」

「goは行く、comeは来るでいいじゃん。ったく、ふざけてんなぁ。修一が家庭教師に来てくれるの、今日で最後だから、今回ぐらいはパーフェクトで行きたかったのにさ。

——は～ぁ。でも、本当に今日で最後なんだよなぁ。来週からは水曜日になっても、修一は我家《うち》に来てくんないんだよなぁ」

ブッスーッとブスッたれたミッキーは瞬《また》く間にシュ～ンとして、そのまま泣き言に突入。本人も納得していたことだけど、現実を目の当《まあ》たりにするのは納得していたのとは別物らしい。

ミッキーが勉強から脱線するのはいつものこと。そして、いつもの修一だったら、そんなミッキーの軌道をなんとか勉強モードに引き戻すところなんだけれど……。

「そうだね。自分で言い出したことだけど、キミに英語を教えるのも今日が最後だなんて、なんだか実感は湧《わ》かないのに妙に感傷的にだけはなったりしてね。ちょっと……キミに出会った頃のことを思い出したりしちゃったよ」

「え？　じゃあ、さっきボケてたのって？」

驚くミッキーに、修一はにっこりと微笑《ほほえ》んだ。

「うん。思えば一目惚《ひとめぼ》れだったなぁ…ってね」

女の子だと思ってたから…とは口にせず、一目惚れの事実だけを言った修一に、ミッキーの表情も嬉しそうな照れ笑いに変わる。

「そっかぁ。修一も一目惚れだったんだぁ」

「も…ってことは、ミッキーも？」

「そりゃ、一目見た時から見かけるたびに気になりまくってたんだもん。間違いなく一目惚れだろ？　あれ？　言ったことなかったっけ？」

「見かけるたびに気になってたっていうのは聞いたことあったけど、それが一目見た時からっていうのは初耳だよ。一目惚れしてもらえるほど、インパクトのある顔じゃないしね」

「インパクトは置いといて、修一って一目惚れするには充分すぎるぐらいハンサムだぜ？　あ、だからって顔だけが好きなんじゃないけど……。えへへ、でも、こーゆうのって良《い》いなぁ」

「良いって何が？」

「うん、今の俺達って傍《はた》から見たらラブラブ告白ごっこしてるバカップルなんだろうけどさ、好きな人からそーゆうこと言ってもらえるのって嬉しいじゃん。特に俺、こないだまで修一から『好き』って言ってもらったこともなかったし、言ってもらったら言ってもらったで、いつから俺のこと好きでいてくれたのかな～…って気になったりしてたからさ」

自分では言ってあると信じていた『好き』の一言を言い忘れていた間抜けぶりは、修一の記憶にも新しい。感情表現が素直なミッキーに修一が不安を感じることはなかったけれど、ミッキーの方は意外と不安が降り積もっていたのかもしれない。ミッキー自身がそれを自覚していたかどうかは別として、恋愛感情のキャッチボールができていなければ、付き合ってはいても感情《ボール》を投げる一方でしかない側に生まれる意識は『片想い』になって然《しか》りだ。もっとも、ミッキーに片想いなんて謙虚さはなかったけれど、この場合、そんなミッキーの性格は修一にとっての幸運《ラッキー》だった。

男同士だけれど、同性と恋人になってしまった抵抗感は未《いま》だあるけれど、それでも好きだから……。夜の浜辺で今更ながらに口にした『好き』の一言を境にして、今のようにミッキーが素直に恋の気持ちを向けてくるたびに実感するようになった、自分もミッキーを好きだという気持ち――……。

ミッキーの愛情表現はストレートすぎて、身の危険を感じずにはいられない。好きな以上、同性であっても……いや、同性だからこそ、両想いの関係になれたことの方が奇跡のような幸運だ。相手が如何《いかん》せんミッキーなので、奇跡と言うにはイージーすぎる感覚がどうしても強いけれど、それでも好きだから……。やっぱり、好きだから……。

（おーしおーし、なんか良いムードじゃん。この調子ならまだ狙えるぜ、一夏の経験っ!!）

ミッキーが内心でそんなことを考えているなんて、修一は知らない。

『やっぱこの夏は、童貞喪失《どうていそうしつ》の覚悟をしといた方が良いみたいね』

姉に言われたセリフに自ら覚悟を決める思い切りも、まだ持てない。でも、そうなっちゃうのも良いかもしれない。この夏には勇気がなくても、訪れる秋にはもしかしたらそうなってるかもしれない。他力本願《たりきほんがん》で惰性《だせい》的な予測ではあるが、自分の性格を振り返れば、これはかなり惚れている。その上、家庭教師最後の日ということに思いもしなかったぐらい影響されてるらしい。

「来週から二学期が始まるし、そうしたら、また毎日会えるんだけどね」

「そりゃ、帰る時は俺が修一の教室まで迎えに行くもーん♡　でも、脈絡《みゃくらく》もなくいきなりだな。どうしたん？」

「うん」

包み込むような眼差《まなざ》しを向ける修一に、ミッキーの方もなんだかいつもと勝手が違って、理由もなく頬がほんのりと染まる。その可愛《かわい》さにも拍車を掛けられて、修一はしみじみと呟いた。

「どうしたっていうじゃないんだけど、ただ、僕はミッキーのことが本当に好きなんだなって思ったんだよ」

「え……？　ええーっ!?」

僅《わず》かだった頬の赤みから一気に顔面を真っ赤にするミッキーに、修一も理屈じゃなくテンションが高まった。そっと寄せた唇に、ミッキーはギョッと瞳を見開いた後、ギュッと双眸《そうぼう》を閉じる。
（お…俺から迫るのは慣れっこだけど、いきなり修一からそんなふうに出られると〜っ）
修一との初体験をしつこく狙ってる割には、変なところに免疫《めんえき》がない。
ファーストキスの時とは大違いなミッキーの反応。海から帰ってきてからは一度も交わしていなかったキス。二人の唇がそっと触れた、その時——…。
「Something awful has happened to Sam!」
勢いよく開けられたドアから飛び込んできたジョンに、二人の唇がパッと離れる。ミッキーは赤い顔のままでジョンをギロリと睨《にら》んだ。
「てめーは、良いトコで邪魔しくさって〜っ」
ジョンのただならぬ様子を無視して感情で文句を言おうとするミッキーを宥《なだ》めると、修一は心臓が不規則にドキドキしていることを隠しながらジョンに尋ねた。
〔おばさんが大変って、どうかしたの？〕
〔解《わか》らないよ！　僕、日本語解らないものっ!!　でも、大変なの！　サムがケンカしてるんだよぅ!!〕
〔ケンカ？　誰と？〕
〔知らない人！　僕、解らないよ!!〕
ジョンの言っていることの方がよっぽど解らない。修一が家庭教師に来ている時に出かけるならサマンサは一言声を掛けていく筈《はず》だし、だったら、この家の中でサマンサがケンカを始めたということか？　でも、自宅内でのケンカの相手がジョンの知らない人？

首を傾《かし》げる修一の腕をジョンはガシッと摑《つか》んで引っ張った。

「Come with me!」

「あーっ、ジョン！　俺の修一に馴れ馴れしく触るんじゃねぇっ!!　おまけに何処《どこ》に連れてく気だよ!?」

状況がまったく把握できない修一がジョンに引《ひ》き摺《ず》られていくのに、修一以上に状況を把握していないミッキーもブーブー言いながら部屋を出る。

階下のリビング。そこでは確かにとんでもないことになっていた。

「あら、奥様、いきなりどうなさったんです？」

「修一《しゅういち》、伺《うかが》ってますでしょう？」

「ええ、今日は水曜日ですから。夫が倒れた時には旦那様《だんなさま》にお世話になって、息子まで修一くんにお世話になっちゃって。あの、玄関で立ち話もなんですし……」

柳川《やながわ》記念病院院長夫人の突然の来訪だけでも、サマンサには充分不可解だった。ましてや、夫人の能面のような顔には合点《がてん》がいかない。

（この人、いつもはもっと愛想良《あいそい》いわよね？）

息子達が家庭教師と生徒の関係であっても、母親同士は時々道で擦《す》れ違《ちが》った時に挨拶《あいさつ》を交わす程度の付き合いでしかない。おとなしい感じの日本人形のような美人という印象があるだけで、人となりなど知りようはないのだが、だからこそ、いきなり訪ねて来られる理由が思い当たらなければ、彼女を怒らせる何かがあったなんてサマンサには可能性にも思いつかなかった。

サマンサの申し出に、夫人は、

「此処《ここ》で結構」

と言ってから、思い直したようにサマンサの申し出を受けた。

「いえ、やはりお邪魔させていただきますわ。お宅様にとっても、此方《こちら》にとっても、玄関先でお話するには不都合がございますしね」

「はぁ……」

訳が解《わか》らないまま夫人をリビングまで招きいれたサマンサに勧められた席を態度で辞退し、サマンサがお茶の用意をしようとするより先に夫人は本題を切り出した。

「奥様はご存知ですの？」

「ご存知って、何がでしょう？」

「お宅の息子さんとうちの修一の、か…関係ですわ」

語尾を震わせないよう意識した口調は、怒りを抑えているばかりではない。そんな夫人の様子に、サマンサが思い当たるのは一つしかなかった。しかし、此処は日本。土地柄的にイージーな墓穴掘りはできない。また、修一の母親相手に下手な墓穴を掘ったりしたら、あの馬鹿息子がどんな癇癪《かんしゃく》を起こすか……。

サマンサは微笑《ほほえ》みで空惚《そらとぼ》けた。

「関係って……修一くんはうちの息子の家庭教師ですし、同じ学校の上級生ですし、色々と良くしていただいてますわ」

その答えを受けた夫人は、サマンサの鈍さに呆れるような仕草で首を横に振る。

「ああ、奥様はご存知じゃありませんのね。それで、今、修一は何処《どこ》にいるんです？」

(な…なんなのよ、この人……)

夫人の態度に蟀谷《こめかみ》がピクッと反応したものの、サマンサは引《ひ》き攣《つ》りながら笑顔を死守《ししゅ》した。

「息子の部屋で二人でお勉強してますけど？」

「二人きりで!?」

「だって、修一くんは息子の家庭教師ですし、それを親が見張ってることもないでしょう？」

下手に見張っているより二人きりの方が能率も良いでしょうし…と続く筈《はず》だったサマンサの台詞《セリフ》は、夫人の過剰な反応にぶった切《ぎ》られた。

「一つの部屋に二人きりだなんて、間違いが起きたらどうなさるおつもりなのっ⁉」

「間違いって、二人とも男の子なんですし……」

「そう、男同士なのにお宅の馬鹿息子がうちの修一を誑《たぶら》かしたのよ‼」

「……馬鹿息子……」

「あら、アメリカ人のくせに英語も喋《しゃべ》れないお馬鹿ちゃんなんでしょう？　おまけに同性愛者だなんて、種の保存という人間の本能すら理解できない頭しかお持ちでないようですし」

今度はサマンサの蜂谷もピクッでは済まなかった。

これは完全にバレている。ならば、今更『墓穴』もないだろうが、穴の深さを最低限にとどめることはできた。しかし、自分で息子を馬鹿と思うのと、他人から馬鹿息子扱いされるのでは雲泥《うんでい》の差がある。

生まれも育ちも日本というだけでなく、見るからに古風な夫人だ。修一が男の子の恋人を持ったと知っての動揺から、本来なら言う筈もないところまで口にしてしまっているのだろう。だが、息子ばかりを悪し様《あしざま》に言う他人をどうしてそこまで考慮してやらなきゃならない？　大体、サマンサは基本的に短気なのだ。

「あぁ〜ら、奥様。種の保存とか本能とか小難しいことおっしゃらなくても、修一くんがゲイだったたってだけの話ざーましょ」

耳の穴をホジホジしながら、逆に馬鹿にし返した態度を取ったサマンサに、夫人は過剰に反応する。

「なんですって⁉」

「お気に障《さわ》ったなら御免《ごめん》あさーせ。でも、ミッキーに誘惑されたんだとしても、それを受け入れたのは修一くん。種の保存という人間の本能すら理解できない頭しかお持ちでなかったのは、お宅様のお坊ちゃんも一緒でしたのね、おっほっほ！」

「あ…あなた……惚《とぼ》けていただけで、本当はご存知だったのね⁉」

「ええ、最初から！　私は奥様より信頼されている母親らしいですわ‼」

「母親失格よ！　最初から知っていたのなら、その時点であの子達の道ならぬ関係に終止符を打たせるのが筋でしょう⁉　子が子なら、親も親だわ‼」

「道ならぬ関係って、誰が決めたのよ！　日本って国のカラーは私だって知ってるつもりだけど、いくら日本でもそこまで法律が規制してる訳じゃないでしょ⁉　そーゆう言い方って人種差別だわっ‼」

「あなたのような母親なら、男を誘惑するような腐《くさ》った息子でも当然でしょうね！　でも、うちの修一は違うんです‼」

「それは、お褒《ほ》めいただいて！　どーせ私の息子ですからね‼　でも、だったら修一くんは、腐れ息子の誘惑にあっさり靡《なび》いちゃうような腑抜《ふぬ》けってことかしら⁉」

「ふ…腑抜けですって〜っ⁉」

「そーいえば、この前の旅行から帰ってきた途端、修一くんに対するミッキーの呼び方がいきなり『やなぴー』から『修一』に変わってたけど、一体何があったのかしら〜？」

「な…なんですって⁉　まさか……そんなこと、ある筈がないでしょっ‼　お宅の愚息《ぐそく》はまだしも、うちの修一にまで下手な勘ぐりはしないでいただきたいわっ‼」

「でも、一人じゃできないことですしね〜。ミッキーなんて修一くんより年下だし、体も小さいし……それなのにそーなっちゃったってことは、そんなミッキーに押し倒されちゃうぐらい修一くんが情けないってことなのかしら？」

「うちの修一が情けない⁉」

「だったら、修一くんが自主的に押し倒した訳⁉　それこそ、ケダモノ‼　うちの息子の貞操《ていそう》、どーしてくれんのよっ⁉」

「なっ…なっ…なっ‼」

売り言葉が買い言葉。ありもしなかった事実まで打ち立てて、母親達は大暴走。そこにやってきたジョンの存在に気づいてもいなければ、まさかジョンが修一とミッキーにこの状況を密《チ》告《ク》りに行ったとは思いもしないで、母親同士の暴走はテンションを上げていった。これは最早《もはや》、墓穴と言うよりも泥沼だった。

「これでうちの修一《しゅういち》が化粧して、スカート履《は》いて、新宿二丁目にでも立つようになったらどうしてくださいますのっ!?」

「ゲイとオカマは違うでしょっ！　馬鹿じゃないの、無知すぎっ!!」

「馬鹿ですって!?　お宅の息子さんなんて、スカート履いてなくても見るからにオカマじゃないの！　うちの修一はちゃんとした男の子なんだから、おかしな影響を与えないでいただきたいわ!!」

「そりゃ、ミッキーは女顔かもしれなけど、中身は修一くんよりずっと雄々《おお》しいわよ!!」

「単に利《き》かん気《ぎ》なだけでしょ！　息子さんが親にも躾《しつけ》られない動物なのか、親が息子の躾もできない能無しなのかは判断がつきかねますけど!!」

売り言葉に買い言葉で、論点がどんどんとずれていっている。しかし、頭に血が上り切っている母親達は軌道修正どころか突っ走るしかない。

「な、な、なんですってーっ!?　あーっ、さては修一くんにスカートが似合わないから僻《ひが》んでるんでしょ！　そーりゃ、ミッキーがスカート履いたら女の子みたいに可愛《かわい》いけど、修一くんじゃオカマ以外の何者でもないものねっ!!」

「な…なんてことを…っ！　オカマだなんてっ!!」

「そっちが先に言い出したんでしょっ!!」

「修一は普通に男の子なだけです！　オカマはお宅の息子でしょ‼」

「何してるんだよ、母さん⁉」

ジョンに引っ張ってこられた修一が啞然《あぜん》として叫ぶのに、二人はハッとして振り返る。ジョンはビクビク、ミッキーは呆気《あっけ》。

「大丈夫だった、修ちゃん⁉　オカマな上に盛《さか》るしか能のない馬鹿息子に何もされなかった⁉」

「オカマで盛るしか能のない……馬鹿息子ですって～っ⁉」

オカマというのを別にすればあながち間違ってもいないのだが、問題はそんなことじゃない。普段おっとりとしている母が、偏見でこんなことを言うなんて信じられない。

実の息子である修一でさえそうなんだから、ミッキーの驚きはそれ以上だ。サマンサ同様、ミッキーも夫人とは道で挨拶《あいさつ》を交わす程度の接触しかなかったが、修一の母親に対する清楚《せいそ》な日本美人のイメージがガラガラと崩れていく。

（サムのヒステリーはいつものことだけど、あの物静かで品が良くて優しそうで、サムとは大違いなおばさんが……）

見事すぎる豹変《ひょうへん》に度肝《どぎも》を抜かれて、母親達の諍《いさか》いの原因が自分達だということにピンとこなければ、この後の展開なんて飽和状態の頭で予測できる筈《はず》もない。

夫人は修一に歩み寄ると、八つ当たりの睥睨《へいげい》でジョンの手から修一の腕を奪い取った。

「さ、帰りますよ、修ちゃん！　いつまでもこんな所にいたら、大切な修ちゃんまで本当にオカマになっちゃうわ!!」

「何言ってるんだよ？　それに僕はまだバイトの途中――…」

「どうぞお帰りになって結構よ、修一くん！　うちのオカマ息子と一緒にいたら、ママの可愛い修ちゃんが感化《かんか》されちゃってた～いへん」

「んまぁっ！　なんて言い草なの!!」

「あら、そうおっしゃったのは奥様でしょっ!?」

マザーズ・バトル再開。そこに夕香《ゆうか》が飛び込んできた。

「玄関開いてたんで勝手に……あーっ、お母さん！　やっぱり此処《ここ》にいたーっ!!　信じらんない！　親がしゃしゃり出ることじゃないでしょ!?」

「親だからこそ、黙ってなんていられませんよ！　ほら、修一、早くなさい!!」

――この段階で、流石《さすが》に修一もミッキーも展開が読めた気がした。しかし、母親達は息子達に口を挟む隙《すき》を与えない。

「それじゃ、今日までのバイト料、すぐにお包みしますわ、塩と一緒にね!!」

「バイト料なんていりません！　手切れ金とさせていただきます!!　その代わり、二度とお宅の息子さんがうちの修一と会うことは許しませんからね!!」

「望むところよ！　あんたにそこまで言われて、誰がうちの可愛いミッキーを、あんたなんかの息子に会わせるものですか!!」

それに、修一、ミッキー、夕香の声が重なった。

「え――――っっっ!?」

なんだって急転直下にそんな展開？　そういう展開になるには充分すぎるほど、母親達は険悪になっているが、だからっていきなりそれはないんじゃないか!?

「母さん、僕のバイト代だよ？　手切れ金て……」

「それぐらいのお小遣《こづか》いは、お母さんがあげます！　だから、二度とその子に会ってはダメよ!!」

「いや、そういうことじゃなくてね」

「そういうことで良《い》いんです!!」

「ちょっと待てよ、サム!?　サムだって修一のことは気に入ってたじゃん!!」

「このクソ女の息子じゃなければね!!」

「大体、誰が『うちの可愛いミッキー』だよ!?　俺、そんな扱い受けたことねーぞ!!」

「いいの！　今、そーゆうことになったのっ!!」

ただでさえ聞く耳が持てなくなっている母親達に、息子達の方もどうフォローしていいか判《わか》らない。このままじゃ一層泥沼だ。

「修一、ここは一先《ひとま》ず帰りましょう」

ニー家を後にした。

「だって、ここで何言っても無駄…ってより、逆効果よ」

夕香の言うことが正しい。仕方なく修一はミッキーに目配《めくば》せしてから、姉と母を伴ってティアニー家を後にした。

残されたのは——…。

「キーッ、何よ何よ、あの女ーっ!!」

サマンサのヒステリーと、茫然自失《ぼうぜんじしつ》のミッキーと、蚊帳《かや》の外に追いやられたままのジョン。

〔何？　一体なんだったの？　何がどーなったの??〕

そんなジョンの頭をミッキーは拳骨《げんこつ》でポカリ。

「Ouch!」

「夢…じゃない」

自分じゃなくジョンで確認したミッキーは、尚も唖然とし続ける。

台風一過じゃ終わってない。

二度と会うな？　何、それ!?　ここにきて修一とはめっちゃ良い感じになってきてるのに！　この夏の野望もまだ叶《かな》えてないのに!!　いや、そーゆう問題じゃなくてっ!!

「冗談じゃねーぞ！　おい、サムッ!!」

「うるさい！　修一くんのことなら聞かないわよ!!　私にだってプライドってもんがあるんだ

からねっ!!」

そんなプライド、クソ食らえだ!!……と言ったところで始まらない。サマンサは完全に切れていた。

『おばさんのことだから、私や修一《しゅういち》が電話したんじゃミッキーに取り次いでくれないと思って、友達に掛けてもらったのよ。今から出てこられる?』

翌日、夕香《ゆうか》からの電話で呼び出されてミッキーは家を出た。それに、当然のようにジョンもくっついてくる。

出かけにジョンを呼び止めたサマンサが何を言いつけたかは想像に容易《たやす》かったが、トッピングを気にするより兎《と》にも角《かく》にも修一に会うことが先決《せんけつ》だった。

待ち合わせは、最寄《もより》駅から一駅先のファミレス。

「ごめーん、あたしがうっかり口滑らせちゃったのよ」

先についていた修一と夕香をみつけてテーブルにつくや否《いな》や、夕香が両手を合わせてミッキーに謝った。

修一がアルバイトでティアニー家に向かった後、居間でテレビを見ながらお茶をしていた夫

人と夕香は、先日の旅行の話になり、

『まぁ、修一も愛《いと》しのミッキーと一緒の旅行じゃ、受験勉強の息抜きには刺激ありすぎだったかもだけどね～』

『愛しのって、それなんなの、夕香ちゃん？　マイケルくんは男の子なのに、おかしな冗談ね』

『そ…そう、冗談！　あはは、冗談よ』

『……あなたがそんなふうに慌《あわ》てて素直に出るなんて、変だわ。夕香ちゃん、正直におっしゃい！　どういうことなの⁉』

ということになって、誤魔化《ごまか》し切れなかったらしい。

「流石《さすが》母親よね、あたしの性格見抜いてるってーか……。それにしても、あそこまで過激な反応に出るとは思わなかったからさぁ」

マンゴーフリーズのグラスに屈《かが》み込《こ》むようにして、ストローをチューッと吸った夕香の表情には、口にしているセリフとは比べ物にならないぐらい反省の色が表れている。しかし、姉の反省が見えていても、今回ばかりは修一もつれない。

「『うっかり』とか『思わなかった』じゃ済まないだろ？　こっちはミッキーと……その……どこまでイッてるのかまで問い詰められて、まだ何もないと解《わか》って安心するどころか何かあってからじゃ遅いから二度と会うなの一点張り。しまいには泣かれて……まいったよ」

「お母さん、古風だからなぁ」

「古風だからこそ、あそこまで切れたんだろ。だから、『うっかり』とか『思わなかった』じゃ済まないって言ってんの。あんだけ古風な母さんに、どうやって納得させるんだよ？」

ファミレスの煮出した不味《まず》いコーヒーを眉を寄せながら飲む修一は、夕香に対する憤《いきどお》りをポーズにはしているけれど、実際のところ怒っているというより困っているが正解。

オーダーを取りにきたウェイトレスに、ジョンはメニューを指してプリンパフェを注文し、ミッキーは夕香と同じマンゴーフリーズを注文してから盛大な溜息《ためいき》をついた。

「サムも昨日《きのう》から切れっぱなし。修一と俺がどうこうってんじゃなくて、おばさんに対してキテるってーか、意地になっちゃってるってーかさ」

「うちもだよ。元々はおとなしい人が珍しくあそこまでやっちゃったからね。引くに引けないっていうか、意固地《いこじ》になってるっていうか……。息子《ぼく》が男の子と…っていうのにプラスα《アルファ》して、おばさんと思い切りやり合っちゃって、ショックよりプラスαの方が大きくなっちゃってるような感じも無きにしも非《あら》ずで……」

「あー、もうっ！　女ってどうしてあーなんかな？　一時の感情で！　たった一日で‼　母親同士の勢いはすっかり両家犬猿《けんえん》の仲まで突っ走っちゃってるもんなーっ。今時、シェークスピアの世界なんて、流行《はや》らないどころじゃないっての☆」

「まったく、本末転倒《ほんまつてんとう》だね。……とは言っても、うちの場合は転倒しきってないんだけど」

ミッキーがシェークスピア文学を知っていた意外さに突っ込むよりも修一が嘆息《たんそく》したところで、マンゴーフリーズとプリンパフェが運ばれてきた。それに意識を向けたミッキーは、昨日からずっと蚊帳《かや》の外だったジョンに夕香が英語で事情を説明しているのを見て取って景気良く唇を尖らせる。

「夕香ちゃん、ジョンにわざわざ色々と教えてやることないよ。そいつ、サムの犬だから……」

「え？」

「出かけてくる時、サムに呼び止められて何か言われてたからさ。どーせ、俺が修一と会ってたら報告しろとか言われてきたんだろ」

「だったら一層ちゃんと事情を説明して、ジョンに口止めしとかなきゃいけないでしょ？」

「――う…☆」

夕香の言うことが尤《もっと》もだ。元凶《げんきょう》は夕香なのにと思いながらもグッと言葉を詰まらせるミッキーを無視して、夕香はジョンとの英語の会話へとさっさと戻ってしまう。そして、修一はというと――…。

「修一？」

「…………………」

「修一ってば！」

「え？　あ、な…何？」

鹿爪《しかつめ》らしく考え込んでいた修一がハッとした様子を見せるのに、ミッキーは嫌な予感でまたしても唇を尖らせる。

「まさか、いっそこのまま別れちゃおうか…とか思ったりしてねーよな？」

「えっ？」

「だって修一も男同士っての異常に気にしてたじゃん！　おばさんの反応に同調して、俺を捨てようなんて極悪人のすることだぞっ!!」

「わーっ、ミッキー！　そんな大声でっ!!」

別荘での理解と反省はなんだったんだ？　短絡思考《たんらくしこう》のミッキーだから、修一の様子に勝手に暴走してしまったのだろうが、修一はやましいところがまったくないじゃないからいつもより焦《あせ》ってしまう。

ミッキーを好きだと思う気持ちを頓《とみ》に感じていた昨今《さっこん》だ。母親に反対されたから別れようなんて思いもしなかった。ただ、母親が常にない激しさで反対する気持ちは実感として解ってしまうのだ。だって、いくら好きでもやっぱり男同士だし……。そりゃ、男同士でも好きなんだけど……。

「わ…別れたりしないよ。だから落ち着いて」

うろたえる修一に、ミッキーは唇を尖らせたままで睨《にら》みを入れる。

「なぁんか怪しいんだよな、修一って」

自分のことながら、信用がないのも解る気がする。それが表情《かお》に出ていたのかもしれないけれど、それにしたってそこからのミッキーの発想は突飛《とっぴ》も突飛の大突飛。

「こーなったら、駆け落ちしかないよな」

「駆け落ち!?」

これには夕香もジョンへの説明を中断して、ギョッと顔を向ける。駆け落ちを持ちかけられた修一も、咄嗟《とっさ》に思考がついていかなくて啞然《あぜん》。ジョンは三人の様子にキョトキョト。しかし、ミッキーは怯《ひる》まない。

「だって、修一に別れるつもりはないんだろ？　でも、おばさんもサムもあんなだし、これは行動で二人の愛を示すしかないじゃん。それって、俺に対する修一の愛の証明にもなって、一挙両得《いっきょりょうとく》。俺のこと好きなら、駆け落ちぐらいできる筈《はず》だろ?」

当たり前のように言い切るミッキーは、だけど、何かが違うと思う。ぐ、ら、い、って……駆け落ちは『ぐらい』で出来るようなことじゃないだろう、普通☆

「実力行使…にしたって、どうして駆け落ち……」

「じゃあ、修一、おじさんの病院から仮死状態になれる薬とか持ち出せる？　持ち出せたとしたって、んなまどろっこしいことするより、駆け落ちが手っ取り早いって。んで、そこで既成《きせい》事実《じじつ》作っちゃって、離れられない仲になっちゃうのが一番良いと思うんだわ」

あくまでシェークスピアのイメージから離れられないミッキーに、修一は溜息、夕香は呆《あき》れ顔、ジョンは尚もキョトキョト。

母親同士の諍《いさか》いに託《かこつ》けて、一挙両得どころか一挙三得を狙うミッキーが既成事実に期待していることは丸見え。夕香は呆れを隠せない様子で修一を肘でつつき、夕香に肘でつつかれた修一は駆け落ちを持ちかけられた当事者として改めて溜息をついた。

「あのね、ミッキー。簡単に駆け落ちなんて言うけど、僕達はまだ高校生だし、ましてや僕は受験生なんだよ。駆け落ちした後の生活はどうするの？　生活費と学費の工面《くめん》以前に、保証人なしじゃアパートも借りられないのに何処《どこ》に駆け落ちするの？」

「夢がないな、修一は〜っ。愛さえあれば、昭和枯れすゝきみたいな負け方しないって。それに、駆け落ち場所だったらいくらだって親父《ジョージ》の別荘があるじゃ〜ん」

金髪碧眼《きんぱつへきがん》でそんなことを言われてもピンとこないどころか、『昭和枯れすゝき』が解らない修一に夕香がコソッと耳打ちする。

「貧しさと世間に負けちゃうヤツよ」

それに修一は一層脱力。シェークスピアだけじゃなく、まったくもって意外なことを知っているミッキーに、でも、ここは感心している場合じゃない。

「愛の生活は出来ても、愛だけで生活は成り立たないだろう？　それに、駆け落ちでおじさんの別荘をあてにしてどうするの？」

「だって、親父《ジョージ》のモノは息子《オレ》のモノじゃん」

「駆け落ちっていうのは家を捨てることなんだから、捨てた家族のものをあてにできないのはプライド以前の基本だろ？　それに、おじさんの別荘に駆け落ちしたんじゃ、すぐにバレるよ」

「う～っ……だったら、既成事実を作るまでの駆け落ちってことで……」

「だったら、既成事実は駆け落ちしなくても作れるじゃないか。だからって、そんな打算的なことで……その……僕はミッキーとの初めてのコトを済ませる気はないよ」

墓穴を掘り切らずに言った修一に、ミッキーはまた『う～っ』と唸《うな》る。

「何にしても、この時点での打開策はお互いの母親を納得させることじゃない？　いくら会うなって言われても、僕達は同じ学校だし、そうじゃなくてもこうやって会うことは出来る訳だし……その時々に合わせて相談しながら、母親の懐柔《かいじゅう》をしていくしかないんじゃないかな？」

上手く誤魔化《ごまか》された感がなかったではないが、ミッキーも言い含められるしかなかった修一の理屈。それに内心舌打ちしたミッキーは、この後に修一までが切れるなんて予測出来よう筈もなかったし、いざとなった時の自分なんてもっと予測できなかった。

とにかく互いの母親をなんとかしよう…という、建設的になってるんだかなってないんだか判《わか》らない最低限の結論で修一《しゅういち》と夕香《ゆうか》と別れたミッキーは、ジョンと一緒に帰宅した。

別れ際の修一の台詞《セリフ》が、

『そういえば、どうせだったらシェークスピアは原書を読むと良《い》いよ。シェークスピアは英文学の神様だからね。教科書や参考書よりも神の表現に触れた方が、逆に英語には馴染《なじ》みやすいかもしれない』

だったあたり、修一にどこまでの危機感があるのか疑わしいものだが、危機感という意味ではミッキーも人のことをとやかく言えたもんじゃない。

(そりゃ、俺だって修一とHするなら打算とかじゃない方が良いけどさ。でも、駆け落ちがダメなら既成事実《きせいじじつ》しかないじゃん。大体、打算って切っ掛けでもなきゃ、修一はいつ俺にHしてくれんだよ? やっぱ、こないだ修一が覚悟決めた時、しっかりヤっときゃ良かったかなぁ)

まぁ、なんにしろ、今回のトラブルは逆に降って湧《わ》いた初体験のチャンス。どうせ、こっちの敵はサマンサだ。柳川夫人《おばさん》の方は修一の担当として、敵がサマンサなら聞く耳持たなければ済む話。……とか思ってるあたり、実際には危機感のキの字もないミッキーだったりする。

帰宅したミッキーより先にジョンを捕まえて何やら英語でやり取りしたサマンサは、薄ら寒いぐらい優しい微笑《ほほえ》みをミッキーに向けた。

「偉いじゃない、ジョンを映画に連れてったげたんですって？　いくら使ったの？　今日の分はママが出してあげちゃう♡」

「え……えっと、四千円…ぐらいかな？」

夕香の説明が上手《うま》かったのか、おぼんちなジョンもここは無難に誤魔化《ごまか》してくれたらしい。咄嗟《とっさ》に話を合わせたミッキーに、けれど、サマンサは微笑んだまま片足のスリッパを脱ぐと、ミッキーの頭をパッコーンッ！

「痛《いて》ぇな、何すんだよ!?」

「ジョンはあんたとローラーダービー観《み》に行ったって言ってるわよ。日本の何処《どこ》で、ローラーダービー？　なのに、あんたはジョンと映画に行った訳ね？」

「あっ、きったねーっ！　ハメやがったなっ!!」

「汚いのはどっちよ!?　修一くんには会うなって言ってるのに、親に嘘ついた上、臨時収入までせしめようなんてっ!!」

「出してくれるって、サムが言ったんじゃねーか!!」

「映画にも行ってないくせに、人のせいにするんじゃないっ!!　いいこと、ジョンは来週にはベガスに帰っちゃうのよ？　従兄弟《いとこ》なんだから、修一くんよりジョンを優先しなさい!!」

「誰が恋人より従兄弟を優先するかってんだっ!!」

「だから、修一くんと恋人なのは、もう許さないって言ってるでしょ！　あんまり聞き分けがないと、今夜はごはん抜きにするわよ!!」

「おお、上等だッ!!」

おぽんちなジョンの誤魔化しは、結局大ボケだったことが判明。でも、それよりサマンサが姑息《こそく》だ。

敵の方が一枚上手《うわて》…と考えるよりも、サマンサの術策にまんまとハメられたことに俄然《がぜん》腹を立てたミッキーは、

「餓死《がし》したら化けて出てやるかんなっ!!」

の捨《す》て台詞《ゼリフ》で、バタバタと騒音を立てながら自室に向かった。

「一食抜いたぐらいで、餓死する訳ないじゃない」

ミッキーの背中を見送ったサマンサが呆《あき》れて呟くのに、ジョンもしみじみと呟く。

〔ミッキーも、色々と大変なんだねぇ〕

〔それ、私に向かって言ってどうするの?〕

サマンサの呆れた視線が真っ直《ます》ぐにジョンへと移行される。しかし、それを気にしたふうもなくジョンはペロッと舌を出して笑った。

〔本当だね〜〕

（これだと、$x=2k\pi\sin x$（$x\geqq 0$）を$y=x$と$y=2k\pi\sin x$に分けて……あ、でも、この式で関数グラフを描くとkが変化するにつれて正弦《sin》曲線の振幅《しんぷく》が変化しちゃうからな）

BGMは一応通常モードのシュトラウス。問題集片手に修一《しゅういち》が「う〜ん」と唸《うな》ったところで、自室のドアがノックされた。

「修ちゃん、お勉強中だった？　ケーキ買ってきたから、お茶淹《い》れたのよ」

母がそんなふうにニコニコしながら部屋に来るのは珍しいことではないが、今日の笑顔はちょっと引《ひ》き攣《つ》っている。夕香《ゆうか》は父親似、修一は母親似ではあるが、ポーカーフェイスが下手《へた》なところまで母子でよく似ているらしい。

机の端にケーキを乗せた皿とティーカップを乗せたソーサーを置きながら、母は聞きづらそうにしながらもしっかり聞いてくる。

「今日、夕香ちゃんと二人で出かけたでしょ？　修ちゃんがお姉ちゃんと出かけるなんて珍しいわよね？　この前の旅行でも、珍しいなぁとは思ってたんだけど……」

「…………」

「まさかとは思うけど、ティアニーさんのところのマイケルくんに会ってた…なんてことはないわよね？　お母さん、マイケルくんにはもう会わないでってお願いしたものね？　修ちゃんはこれ以上お母さんを悲しませるようなことしないわよね？

あの……疑ってる訳じゃないのよ。修ちゃんは昔から良い子だし、お母さんの言うことちゃんと聞いてくれるし……。ただ、お母さん、心配で——…」

おどおどした様子をしながらも、母は強し。ポイントを的確に押さえて牽制《けんせい》してくる。それに修一はうんざりした嘆息《たんそく》を漏《も》らした。

昨日《きのう》もそのことでは平行線をたどり、母に泣かれたばかりだ。最後まで『ミッキーにはもう二度と会いません』と誓わなかった修一に、疑ってないなんて嘘ばっかり……。

昨日の時点で、二度とミッキーには会わないと口先だけで誓うのは簡単だった。今日も、ミッキーに会ってないと言ってしまえば面倒《めんどう》にはならない。そんなことは解《わか》っている。嘘は苦手だけれど、方便《ほうべん》であるのは事実だ。ただ、方便だと割り切れるのなら、昨日だって平行線の押し問答の結果、母を泣かせるなんてこともなかったのだ。

「……会ってたよ、ミッキーと」

ソーサーからティーカップを持ち上げながら、修一は疲弊《ひへい》したように言った。それに、母の表情が一変する。

「修ちゃんっ⁉」

「母さんが反対する気持ちは解るよ。僕だって、男同士っていうのに抵抗感がない訳じゃないし、それで色々と考えちゃうところもあるしね。でも——…」

「だったら、なんでマイケルくんと付き合ってるの⁉　修ちゃんはうちの跡取り息子なのよ？

マイケルくんじゃ修ちゃんの子供は産めないんだし、結婚もできないんだし、何より男の子が恋人だなんておかしいじゃない！　モラルが解らない修ちゃんじゃないでしょ⁉」

「あのね、この年齢で結婚なんてまだ早――…」

「今が良ければそれで良いなんて、お母さんは修ちゃんをそんないい加減な子に育てた覚えはありませんよ！

若気《わかげ》の至《いた》りとか若いうちの過《あやま》ちなんて言って自分の過去の行いを若さだけのせいにする人が多いけど、人生っていうのは過去が現在に続いて未来につながっていく一本道なんだから、若い頃だけを切り捨てられるものじゃありません！　それが解っていれば若い日の行いも慎重になって当然です‼

冷静に理性を持って考えてごらんなさい！　マイケルくんのことは将来に絶対後悔するのは判り切ってるんだから、修ちゃんは将来まで考えて現在を判断できる子の筈《はず》でしょう⁉」

気合いの入った母の長台詞《ながぜリフ》に、修一は説得されるどころか再び嘆息する。

本当に母とはよく似ていると思う。『結婚なんてまだ早い』と言い訳しながら、マイケルに対する責任という意識で結婚のことも考えたりしていた。若気の至りで済ませるような刹那的《せつなてき》な感情や行動も、修一自身が好まないものだ。

ただ、母は一つ失念《しつねん》している。修一が責任まで考えながらもミッキーと付き合っているのは……いや、ミッキーと付き合っていて責任までを考えてしまうのは、それだけミッキーが好きだからだ。

修一は恋愛のテンションが表面に出るタイプではないし、本人自体がそういう感情に鈍《にぶ》いのか、自分を見失うほどそれに振り回されることはない。しかし、母の説教によって無自覚だったテンションまでが実感となる。それに、解り切っていることを改めて親から言われるのは、無駄な反抗心を生み出すだけなのが常。

「……僕はミッキーが好きなんだ……」

「修ちゃん、お母さんの話の何を聞いていたの！　大体、あなたは受験生なのよ!!　色恋に現《うつつ》を抜かしてる場合じゃないでしょう!?」

「勉強はちゃんとしてるじゃないか。それに、僕は僕なりに色々と考えてるって言っただろう？　でも……それでも、僕はミッキーが好きなんだよ」

障害があるほど恋は燃え上がる…ではないけれど、自分自身が持っていた理屈そのままでの母からの反対は、ミッキーを好きだという気持ちこそに修一を固執《こしつ》させた。しかし、反抗などしたことのない修一の思わぬ聞き分けのなさに、息子に対する絶対の信頼と愛情から母は母で憤《いきどお》りが責任転嫁《せきにんてんか》のように方向を変える。

「修ちゃんがそんなふうにお母さんに逆らうなんて……マイケルくんの影響ね！　お友達だって選ばなきゃいけないのに、あんな子が恋人なんて以《もっ》ての外《ほか》です!!」

「……っ……そりゃ、ミッキーには我儘《わがまま》なとこはあるけど、友人として選ばなきゃいけないほど悪い子じゃないよ！　それに、母さんはミッキーが男ってだけで反対してるんだろ!?」

「悪い子じゃなければ、男の子のくせに修ちゃんを誘惑したりしませんよ!!」

「別に僕は誘惑された訳じゃない!!」

「嘘ついて庇《かば》ったってダメよ！　さっきも言ったけど、修ちゃんは自分から男の子とどうこうなるほどモラルがない子じゃないでしょ!?　マイケルくんに毒されてるだけなのよ!!」

「毒されたんじゃない！　モラルよりも、僕がミッキーを好きな気持ちが上だっただけだ!!」

「それが毒されてるって言うんです!!」

昨日と同じ押し問答。男同士の恋愛関係というコンプレックスに、塩を塗り込むことで修一の逆切れに拍車《はくしゃ》をかけている母の方が、このままで行けばまた泣き出すのが必至《ひっし》。

(泣きたいのはこっちだよ)

男同士だというだけで、大手《おおで》を振れる関係じゃない。だからといって、そこまでミッキーだけを悪者にされるほど、後ろ暗い関係じゃない。そりゃ、男同士というだけで後ろ暗いのだけど、だからこそ、自分の母親からミッキーだけを悪く言われるのは堪《たま》らない。

それでも修一は、ここでグッと感情を抑《おさ》えると、手にしていたティーカップを口へと運んだ。

「――勉強に戻りたいんだけど、いい？」

「修ちゃん、話はまだ……!!」

「僕がミッキーを好きな気持ちは変わらないよ。今これ以上話しても、水掛け論にしかならないだろう？　受験生として、時間を無駄にしたくないんだ」

自分でも思わなかったほど冷たくなってしまった口調。これでは懐柔《かいじゅう》するどころか母の気持ちも一層頑《かたく》なにしただけだろう。だけど、他に何をどう言ったら良かった？　付け足しのフォローの言葉すら見つからないのに――……。

母も、この場でこれ以上の口論を続けようとはしなかった。しかし、口が酸《す》っぱくなるほど言った台詞《セリフ》をもう一度駄目押しにすることも忘れない。

「お母さんは認めませんよ。お母さんが言ってることの方が正しいんだから、もう一度ちゃんと考えてごらんなさい」

威圧的《いあってき》な言い回しに反して、悲しげな表情で部屋を出て行くなんて反則だ。修一はティーカップをソーサーに戻すと、眉を寄せて唇を噛《か》む。

自分だって男同士での恋愛関係にずっと躊躇《ちゅうちょ》を感じていたのだから、ミッキーと別れてしまえば良いことだ。それが一番簡単なことだ。それなのに、いざとなれば独り言にもこの言葉しか出てこない。

「僕は……僕がミッキーを好きなんだ……」

こんなに好きだなんて、自分でも知らなかったけれど……。もしかしたら、強固な反対に煽《あお》られての意固地《いこじ》さが実際以上に気持ちを膨《ふく》らませているだけかもしれないけれど……。

それでも、ミッキーを好きだという気持ちは本当だった。そうじゃなければ、最初から同性と恋愛関係になったりなどしていない。それぐらいの理性は持っている。それでもこういう関係になったジレンマがあるからこそ、現在の状況の中で『これは譲れない気持ちだ』と固執するには充分だった。

状況は何等《なんら》改善されず、電話一本すら儘《まま》ならない状況に会えない数日が過ぎて、今日は二学期の始業式。ＨＲ《ホームルーム》が終わると同時に教室を飛び出したミッキーは、一段抜かしで階段を上って修一《しゅういち》の教室を目指した。

二階分を一気に駆け上がり、踊り場を抜けて廊下に出たところで、修一のクラスの担任と擦《す》れ違《ちが》う。修一達のクラスは丁度《ちょうど》ＨＲが終わったところらしい。

修一の教室につくや否《いな》や、ミッキーは逸《はや》る気持ちで勢いよく教室後方のドアを開けた。

「修一、一緒に帰ろー♡」

「ミッキー。上級生の教室に来てるんだから、『修一』っていうのはやめなさい」

窓辺の席でカバンを手に取ろうとしていた修一は、毎度元気なミッキーのお迎えに毎度の決まり文句で嘆息《たんそく》する。しかし、ミッキーの態度に慣れっこのクラスメイト達は、今更ミッキーの言動なんて気にしてもいない。

割と上下関係がはっきりしている高校なのだが、ミッキーはキャラクターだけでなくルックスが免罪符《めんざいふ》になっている感が強い。それも、特に上下関係にうるさい女子がその免罪符を嬉々として受け入れているのだが、本来が上下関係《こまかいこと》にうるさいだけあって女というのは目聡《めざと》いし耳聡い。

「溶けそうに暑い中で二学期が始まったっていうのに、ミッキーは相変らず元気ね。柳川《やながわ》くんへの懐《なつ》きっぷりも相変らずだし」

「だって、俺、修一も夏も好きだもーん」

「ミッキーが柳川くんのことを大好きなのは一目瞭然《いちもくりょうぜん》よ。でも、この夏休みの間にミッキーが柳川くんを『修一』って呼び出したのはまだしも、あの柳川くんに愛称で呼ばせるようになるなんてすごいじゃない。なんか感心しちゃうわ〜」

勝手知ったる上級生の教室に躊躇《ちゅうちょ》なく足を踏み入れたミッキーは、修一の席にたどり着く前に馴染《なじ》みの女子に捕まって早々に突っ込みを入れられている。それに修一はミッキーがボロを出さないかとギクギクのヒヤヒヤ。

「なんかね、修一は『やなぴー』って呼ばれる方が抵抗があったんだって。『やなぴー』って可愛《かわい》い呼び方じゃんねー？」

「う〜ん、可愛いけど……可愛いすぎて柳川くんには抵抗あったかもね」

「俺は『やなぴー』って呼び方も気に入ってたんだけど、でも、『修一』って呼び捨てしてた方が仲良《なかい》いっぽいからさ」

「なるほど」

誤魔化《ごまか》す気があったのかなかったのか、無難なラインで正直に答えているミッキーに、修一は内心でホッと胸を撫で下ろす。そこで修一には、帰りかけていた前の席の男子が声をかけてきた。

「ティアニー…っていうと、変な感じだな。俺、あいつと喋《しゃべ》ったことないんだけど、なぁんかマイケルとかよりミッキーなんだよな。名は体を表すじゃないけど、直接喋ったことのない俺でさえそうなんだから、柳川もマイケルよりミッキーって呼び方に替えた方が呼びやすくなったんじゃねぇ?」

「ん? あ…ああ、そうだね。最初は呼びにくかったけど、慣れてくると『マイケル』より『ミッキー』の方がピンとくる…かな?」

「だよなー。あれはミッキーって感じだもんなぁ。金髪で青い目ってだけで入学当時から有名人だったけど、それだけじゃなく可愛いじゃん。ちっこくて、顔なんか女の子みたいで、先輩《としうえ》を先輩《としうえ》とも思ってないとこもムカつくより可愛いんだよ!

柳川はミッキーが中坊の頃から家庭教師やってたんだろ? いいよな、家庭教師ってだけであんなに慕《した》われてさ。見た目のまんまに女の子だったらもっと良いんだけど、男でもあれだけ可愛い子に慕われたら気分良いよなぁ。俺なんか上に兄貴二人いるけど弟はいないから、ミッキーみたいな子に懐かれたらめっちゃ嬉しいだろうなぁ」

「そう…だね。僕も姉はいるけど下に兄弟はいないから……」

何やら一人でテンションを上げている学友に、修一は苦笑いで話を合わせた。

彼のような意識でミッキーを見ている野郎が少なからずいることは、修一も知っていた。でも、それは、ミッキーの外見に誤魔化されているだけだ。実際のミッキーは『女の子』なんてとんでもない、可愛い皮を被《かぶ》った怪獣だ。でも、他人の知らない実情を自分だけが知っているということが優越感よりも幸福感になってしまっているあたり、惚れてしまえば痘痕《あばた》も笑窪《えくぼ》とはよく言ったものである。

ふと視線を向ければ、ミッキーは話をしている女子に子供扱いに頭を撫でられてニコニコしている。それは、修一に対して意図的に使ってくる秘儀受顔《ひぎうけがお》に勝る、無邪気な可愛い表情。そう、ミッキーの作った可愛さもグラッとくるぐらい可愛いけれど、それよりもナチュラルな可愛さの方がずっと可愛い。

母が言った『毒されている』というのは、あながち間違ってはいない。でも、それは決してミッキーによる悪影響じゃない。ミッキーを好きだと思う気持ちの、痘痕も笑窪的感情こそに毒されているのだ。

自分こそがミッキーを好きなんだ。そりゃ、クラスメイトに実際の関係をバラされやしない

かと……ミッキーがボロを出しやしないかとドキドキしたりはするし、これは絶対に隠してお
きたい関係ではあるけれど、それでも、だからこそ、本質的なところでのミッキーへの想いは
曲げられない。
「そうそう、ミッキー、チョコレートバーあるのよ。いる？」
「ほしい！　でも、学校にお菓子持ってきちゃいけないんじゃん？」
「あら、もう二学期にもなるんだから、ミッキーのクラスにも休み時間に食べるお菓子ぐらい、
こっそりと持ってきてる子はいるでしょ？」
「いるいる！　今日、俺、初めて食べたスナック菓子があってさ。それが激マズ!!」
「それって、シーズン物か地域限定物か新製品でしょ？　そーゆうのって、当たりハズレが激
しいからね～」
目的地にたどり着く目前の道草でまだくだらない会話をしているミッキーに、修一は眉を寄
せるよりも目を細めてしまう。
容姿だけじゃなく、お子様なミッキー。性別だけで言ったら後ろ暗い関係だけど、性別を抜
かせばこの関係を恥じるような相手じゃない。
だから、守りたいというんじゃない。好きだから、ミッキーと同時にこの関係を守りたいと
思う。世間に隠す関係が、後ろ暗い関係とイコールではないという理屈の上での矛盾が感情に
とっては矛盾じゃないと、こんな日常の中でふと気づいてしまったから——…。

――しかし、修一が把握しているより、ミッキーはずっと子供だった。

学校が始まれば、帰宅コースは二人のデートコース。

「あー、もう、久しぶりの修一《しゅういち》だよォ。やっと二人きりだし～」

「だから、往来《おうらい》で腕を組んでくるのはやめなさいって、何度も言ってるだろう？　それに、『やっと二人きり』って……中々二人きりになろうとしなかったのはミッキーだよ？」

「あっと、ごめん。でもさ、久美《くみ》ちゃんがくれるって言ったチョコバーって、スイス製のホワイトチョコバーだったんだもん」

謝罪して素直に修一の腕から離れたミッキーは、けれど、教室まで迎えに行った修一を逆に待たせることになった道草に関してはしっかりと責任転嫁《せきにんてんか》。そんなミッキーに、修一も道草のことで突っ込む気はなかったけれど……。

「ミッキーが美味《おい》しそうに食べてたから別に良いんだけど、先輩に『久美ちゃん』はないんじゃないかな？」

「だって、久美ちゃんが久美ちゃんで良いって言ったんだぜ？　今更、『国分《こくぶ》先輩』なんて痒《かゆ》くて呼べないよ」

「はいはい」

別の方向から一応注意してみたけれど、ミッキーの反応は案《あん》の定《じょう》だったから、修一はあっさりと話題を変える。

「そういえば、ジョンの帰国ってもうすぐだよね？」

「明後日《あさって》とか言ってたかな？」

「空港まで見送りぐらい行きたいけど、きっとおばさんも行くだろうから、いくら一緒に旅行した仲だっていっても僕や姉さんが行くのはまずいだろうね」

「あんなんの見送りなんて、気ィ遣《つか》わなくて良いって。俺だって、わざわざ空港までなんて見送る気ないんだし……て、ジョンのことなんかどーでもいいじゃん！」

ミッキーはここで小声に切り替えると、秘儀受顔《ひぎうけがお》の上目遣い。

「問題はジョンより俺達っしょ？　恋人なのに、学校が始まるまで会えなかったってどーゆうこと？」

「で…でも、会えなかったのなんてほんの数日だし、今日から毎日会えるんだし……」

「学校帰りを一緒するなんて、家が近所なんだし恋人なんだから当たり前でしょ？　俺は、そーゆうんじゃなく、会いたい時に会いたいんだよ。実際に会うかどうかは別として、心の自由…っての？　親の反対で、会いたい時に会えないっていう精神的な規制が嫌なの。だって俺は、こんなに修一のことが好きなのに……」

「――う…っ……」

ミッキーの言いたいことはとてもよく解《わか》る。でも、それだけじゃなく、修一は詭弁《きべん》すらを喉《のど》に詰まらせてタジタジ。だって……なんか……ミッキーの秘儀受顔が威力《いりょく》を増してないか？　一見して可愛《かわい》いミッキーではあるけれど、ミッキーの本質を知っていてもこれは可愛すぎるぞ。

秘儀受顔を悩殺受顔《のうさつうけがお》にレベルアップさせる訓練をミッキーがしていたことなど知りもしない修一は、習得されたその威力にあっさりと負けている。それを見取って勝算を得たのか、はたまた何も考えてないのか、ミッキーはまたも突飛《とっぴ》に言い出した。

「だからさ、やっぱ既成事実《きせいじじつ》しかないと思うんだよ」

「……え……？」

「だって、駆け落ちはダメなんだろ？　だったら、心だけじゃなく身の方もしっかり結ばれて、二人の愛をアピールするのが手っ取り早いじゃん。本当は俺が女で妊娠とかしちゃって、修一の男としての責任ってのでおばさんが諦《あきら》めてくれるのが簡単なんだけど、俺に妊娠するような才能ないしさ。そんでも、男同士なのにイくとこまでイッちゃうってのは、古風なおばさんには打撃大きくて、この状況で俺達の関係を諦めさせるには一番効果的だと思うんだよね」

「え……ええーっ!?」

ビシッと立てた人差し指の反《そ》り具合に気合いが見える。表情も真剣《マジ》。そして、言っていることもそれなりに説得力は持っている。しかし、そんなミッキーに、修一はズザッと後退《あとずさ》るしかない。

単純なミッキーらしい発想だ。それにしたって、恐ろしいことを恐れ気もなく言ってくれる。『才能がない』って、妊娠は才能でするものじゃないだろう？　いや、それ以前に、妊娠は簡単なんて言えることじゃないし、ましてや自分達はまだ高校生なんだぞ？　そりゃ、不可能なことだから、短絡的《たんらくてき》に簡単なんていう表現が遣えるだけなんだろうけど……。

違う、そうじゃなくて、この場合は不可能な譬《たと》え話よりも、現実として可能な提案の方が問題にすべき点だ。男同士なのにイくとこまでイッちゃうってのは、古風な母には確かに効果的かもしれないが、その為にいたさなくてはならないいい、いいい、いい立場を申し付けられたって、そこは、ほら、それ、心の準備というものが――……。

「あ…あのね、ミッキー。この前もそんな打算的なことで僕はミッキーとの初めてを済ませる気はないって言っただろう？」

「そりゃ、俺だって打算とかより純粋にそうなった方が嬉しいよ。けど、修一だって一度はその気になったことじゃん。どーせやることだったら、愛と同時にメリットを求めても良いと思わない？」

ミッキーの視点と思考回路からすれば、まったくご尤《もっと》も。そして、修一の与《あずか》り知らぬところで、ミッキーはまだ一夏の経験を諦めていない。それどころか、もう夏休みも終わって九月になってしまったことで、焦《あせ》ってきてたりもする。

九月になったとはいっても超初旬。こんだけ暑いんだから、これはまだ秋じゃなくて夏。初《しょ》志貫徹《しかんてつ》ってことで、初体験はやっぱり夏のうちに狙いたい。一秋の経験だってそれこそやることは同じなんだけど、サウンドとして決まるのはなんてったって一夏の経験だ。

理屈じゃないミッキーのフィーリングに、普段の修一だったら流されたりしなかった。大好きな修一とそーゆうことになりたいというミッキーの気持ちを理解したとしても、ここで修一に流されるつもりなど毛頭《もうとう》なかったのだ。

——それなのに……。

偶然というのは、いつでも一種の運命的な要素を持っている。『運命』と言うと大袈裟《おおげさ》かもしれないが、偶然が多かれ少なかれの分岐点《ぶんきてん》を用意しているのはありがちなこと。そして、この偶然というヤツによって、修一は分岐点で思い切り本来の道を踏み外してしまうことになるのだった。

「恋人なんだしさぁ、修一《しゅういち》だってその気になってくれたことはある訳だしさぁ、修一はヤる側で良い訳だしさぁ。修一はヤられるよりヤる方のがどーとか言ってたけど、男だったらヤられたいよりヤりたい衝動《しょうどう》のがある筈《はず》だと思うしさぁ。もう既成事実《きせいじじつ》しかないんだから、欲望に身を任せちゃっても良《い》いと思うんだよね〜」

「…………」

「こんなおかしなことになる前は、俺達、めっちゃ良い感じになってたじゃん？　テンションも上がってたと思うんだよね。そりゃ、修一が淡白なタイプなのは解《わか》りやすいぐらい解るけど、男なのに恋人に対してヤりたい衝動がないなんて嘘だと思うんだよねぇ。愛情と肉欲って切り離せないとこあるしィ、愛欲って言葉もある上にやむにやまれない状況なのになぁ」

「…………」

「恋はナマモノなのになぁ。やむにやまれぬ状況でさえこんなに待ったかけられてたら、俺、腐《くさ》っちゃうよ。修一からのプレゼントだって古くなって、使えなくなっちゃうんじゃん？

――って、ちょっと、聞いてる？」

応《こた》えるに応えられず、シカトをこくしかない修一に、ミッキーが痺《しび》れを切らす頃には、帰路も二人の別れ道たるT字路に差し掛かる。

助かった…というのが、修一の正直な感想。英語は致命的な成績でも、国語は得意というだけあってミッキーの屁理屈《へりくつ》は大したものだ。しかし、いくら今のところ周囲に人影がなくて声を潜《ひそ》めてもいるとはいえ、国語が得意なんだったら、衝動とか欲望とか肉欲とか愛欲とか……その露骨な単語をもう少しオブラートに包んでほしい。

（そんな情熱的なものじゃないかもしれないけど、僕だってミッキーとならイくとこまでイッちゃっても…って気持ちはあるんだよ？　淡白って言ったって、僕だって男なんだし、ミッキーのことが好きなんだから……）

そんな心情を口にしたら墓穴だし、結局は『でも』とか『だけど』と続いてしまうことだから、修一はそれを言わずにここでも無難に収めようとしたのだ。それなのに……。

「既成事実云々《うんぬん》より、まずはお互いの親をなんとかしようって言ったよね？　強引な方法を取れば、後々にしこりが残るんだから、できるだけ穏《おだ》やかな解決を――…」

「修ちゃんっ!?」

ああ、それなのに、それなのに☆

買い物に出るのなら、この道を通るだろう。しかし、夕飯の買い物には早すぎる時刻じゃないか？　それなのに、なんだっていきなりこんなところで母親と出くわすんだ!?

ギクッと視線を向けた修一と、ギョッと振り返ったミッキーに、柳川《やながわ》夫人は蟀谷《こめかみ》をヒクヒクさせながら描いたような柳眉《りゅうび》を吊り上げてカツカツと歩み寄った。

「修ちゃん、これはどういうことなの？」

「は…はい？」

「お母さんは何度も言ったわよね？　それなのに、なんでマイケルくんと一緒にいるの？」

「だ…だって、同じ学校の後輩だし、帰り道一緒だし……」

「だからって、一緒に帰ってくる必要はないわよね？　帰る方向が同じ人はいくらでもいるでしょう？　それなのに、どうしてマイケルくんと一緒なの、修一さん？」

母の口調のやわらかさが迫力だった。おまけに『修一さん』ときたら、これはかなり怒っている。感情的に荒らげた口調や泣き落としより、よっぽど質《たち》が悪い。

母親相手にタジタジになる修一を、情けないと思うよりも、しっかりしろと肘鉄《ひじてつ》で喝《かつ》を入れるよりも、流石《さすが》のミッキーにさえ柳川夫人の静かな憤怒《ふんぬ》は伝わる。でも、それが判《わか》るからって、どうしたらいい？　そりゃ、自分も当事者なんだから、ここで無視してるってのは拙《まず》い気がするし、ここで二人を残して逃げるように帰るっていうのはもっと拙い気がするし……。

「あ…っと、こんにちは、おばさん」

陳腐《ちんぷ》かな…とは思いつつも、引《ひ》き攣《つ》った愛想《あいそ》笑いで日常的な挨拶《あいさつ》をしたミッキーの、けれど、これこそが本当に拙《まず》かった。

変哲のない一般的な挨拶は、夫人には図々《ずうずう》しさに映った。平然と挨拶するミッキーは、ふてぶてしい以外の何物でもなくて、それが夫人の戦闘態勢にスイッチを入れた。

「挨拶などは結構よ、マイケルくん。先日の一件で、挨拶を交わす程度のお付き合いもしたくないというこちらの意思は御理解いただけてると思ったのだけど？」

「え？　あ……えっと…ォ……」

サマンサとゴジラvsモスラばりの過激な口論をやった時とは雲泥《うんでい》の差。モスラから優雅な蝶《ちょう》へと転じた微笑《ほほえ》みでにっこりとされたミッキーは、けれど、ホッとするよりも愛想笑いを貼り付かせた顔を一層引き攣らせてゴクリと喉《のど》を鳴らす。

温厚《おんこう》という皮を被《かぶ》った般若《はんにゃ》の微笑というものがあるとしたら、今の夫人の表情こそがそれだろう。どんなふうに取《と》り繕《つくろ》っても般若は般若。温厚という被り物で、本質的な怒りは誤魔化《ごまか》しきれない。また、夫人にそれを誤魔化そうとする気もなかった。

激情よりもずっと重い怒りのオーラを立ち上らせて、吉永小百合《よしながさゆり》ばりの美人であることまでを武器にした微笑みの中で夫人は冷たい瞳でミッキーを睨《にら》み据《す》える。

「お母様からも、修一とは付き合わないよう言われているのではなくて？　アメリカ人なのに英語も喋《しゃべ》れないお馬鹿さんだと、唯一喋れる言語である日本語も理解できないのかしら？　ましてや、常識なんて知らなくて当然だし、他人の感情に愚鈍《ぐどん》でも当然というところ？」

「母さんっ!?」

すっかり硬直しているミッキーに、それは修一も同じだったが、それでも疑問符に託《かこつ》けて声を荒らげる。

この母に育てられた息子でも、こんな母を目の当《ま》たり《あ》にしたことはなかった。実の息子でさえ感じずにはいられない驚駭《きょうがい》と畏縮《いしゅく》。それほどまでの母の怒りの矢面《やおもて》に立たされたミッキーを、だからこそ庇《かば》わずにはいられない。

しかし、ミッキーを庇おうと口を開きかけた修一に、夫人はその機会を与えなかった。

「修一はね、あなたのようなお馬鹿さんじゃないし、あなたとのことがあるまではとても良い子だったの。それがどういうことか解る？　あなたという悪影響が、修一を駄目にしていっているんですよ。

あなたが誘惑したのでしょう？　そうじゃなければ、修一は自分から男の子とどうこうなるような子じゃないんです。聞けばまだ過《あやま》ちは犯してないようだし、これ以上うちの修一を堕落《だらく》させないでいただきたいの。

あなたと違って、修一には将来の可能性に加えて柳川記念病院というバックボーンがあるんです。然《しか》るべきお嬢さんを迎えて夫婦となって、上流の安定した平凡に収まるのが修一のような子には一番合っているの。でも、あなたは男の子というだけで修一をその平凡から遠ざけてしまうでしょう？　あなたは修一にとって、不利益で有害なだけの存在なのよ。

あなた、修一が好きなのでしょう？　だったら、ここで身を引くのが筋なのじゃない？　此《こ》処《こ》はアメリカじゃなくて日本なんです。好きな人のマイナスにしかならない交際なのだから、本当に好きなのなら好きな人の為に別れるべきではなくて？　ましてや恋愛感情があるのなら、二度と会わない方がお互いの立ち直りも早いわ。いくら恋愛感情があったって、マイナスにしかならないお付き合いですもの。こんなことわざわざ言わなくても、修一はそれが解らない子じゃないんですけどね」

暗にというには、露骨《ろこつ》すぎる皮肉で母は『総《すべ》てミッキーが悪い』と詰《なじ》っている。困ったような溜息《ためいき》すらが嫌味にミッキーを馬鹿にしている。

母の気持ちは解る。母が言っている理屈も解る。母が本来の性質を逸脱《いつだつ》するまでに怒っていることも解るけれど、母は平行線の押し問答の中で微塵《みじん》も修一の気持ちを理解してくれていないのか？　理解しようともしてくれないのか？

母は修一の気持ちの中で見落としてはいけない部分こそを見落としている。しかし、それは既に何度も言ったことだ。これまでも平行線にしかならなかったことを、ここで今更理解させようと思うよりも、自分の母の陰険さが起爆剤となった。自分の母だからこそ、自分の大切な人だけを悪者とした陰険な態度が許せなかった。

「……いい加減にしろよ」

「修ちゃん？」

「修一？」

地の底から湧《わ》き出《だ》すような声音《こわね》で呟いた修一に、母だけでなくミッキーまでもが怪訝《けげん》そうな視線を向けてくる。それに、カバンを持たぬ右手で拳《こぶし》を握り締めても、唇を噛《か》み締《し》めても、一度『許せない』というところまできてしまった感情は、噴火せずにはいられなかった。

「いい加減にしろ！　あんた、僕の言ったことの何を聞いてたんだ⁉」

「修ちゃん、お母さんのことをあんただなんて……！」

「僕はミッキーが好きなんだ！　それでミッキーが咎《とが》められることなんて何もない‼　僕がミ

ツキーを好きなんだ!!」

「しゅ…修ちゃん、こんな道端《みちばた》で、そんなことを大声で……」

オロオロする母に、修一はガソリンを注がれる。

嫌になるぐらい似ている。発想も、動揺する部分も、似ているどころかまったく同じじゃないか。それが妙に癇《かん》に障《さわ》る。我慢できない。

「おいで、ミッキー!」

「え? えっ??」

訳が解らないというミッキーの手首を乱暴なまでの勢いで掴《つか》むと、修一は荒ぶる感情のままに走り出した。

「ちょっと、修ちゃん!? 修ちゃん!!」

高校生の全力疾走に母がついてこれる筈《はず》もない。

——母の認識の通り、修一は高校生にしては思慮深い。しかし、どんなに落ち着いて見えても高校生《ティーンエイジャー》であることに変わりはないのだ。ましてや、これもとても母に似ているところなのだけれど、修一は許容範囲を越えるといきなりプツッと切れる性格でもあった。

（え…えっと…ォ……）

ミッキーは初めて足を踏み入れたラブホテルにソワソワ。

普通のホテルと違って、ロビーのない特殊ホテル。使い捨てキィカードの自販機で空き部屋表示の室内写真に、

『どの部屋にする？』

なんて聞かれても、咄嗟《とっさ》に選べなかった。

『じゃあ、僕が選んじゃうよ？』

動揺しまくりのミッキーが返事をするよりも早く修一《しゅういち》が部屋を選んでボタンを押してしまった。そんな短気さは修一らしくなかったけれど、返事を待たれたところでいつまで経《た》っても部屋なんか選べなかったと思う。

『キミが先にシャワーを浴びる？』

そのセリフが妙に生々しくて、その時ばかりは反応も迅速《じんそく》だった。

『お…俺、後からでいいから、修一が先に浴びてこいよ！』

妙に力強くなってしまった返答は、だけど、ちょっと上擦《うわず》っていたかもしれない。

（うわっ、うわっ、ついにだよ！　ついに念願の、来《きた》るべき初体験!!）

両の拳《こぶし》を胸元に握って、ク〜ッっと感激……してるふりを一人でしているのも馬鹿らしい。

でも、感無量テンションを自《みずか》ら上げてないと、なんだか身の置き場がなくて……。

修一のシャワーを浴びている音が、壁越しに聞こえてきている。なんだか変な感じだ。ミッキーはなんとなくベッドに腰を下ろし、下ろした直後に「わっ」と弾《はじ》かれたように立ち上がった。

部屋に一つしかないベッドは、その用途も一つ。だって、此処《ここ》はその為のホテルなんだから。

(で…でも、いきなりだよな〜。こーなると判《わか》ってりゃ、しっかり勝負下着はいてきたのに……って、勝負下着なんて呼べるようなデザインの下着《パンツ》なんて持ってねーけど、せめておニューの下着ぐらいははいてきたのになぁ。そ…それより、ラブホで初体験とは意外性をつかれたってーか……。そりゃ、ラブホって興味あったし……。あ、そーいや、こーゆうとこの風呂ってガラス張りかマジックミラーになってるもんだと思ってたけど、そうと決まったもんでもないんだな)

偶々《たまたま》修一の選んだ部屋がそうじゃなかっただけで、バスルームとの境の壁がガラスやマジックミラーになっている部屋もあるんだろうが、ミッキーはそんなどうでもいいことをつらつらと考える。

——どうでもいいことでも考えていないと、修一がその為に浴びているシャワーの音が耳につきすぎて、それを待つ時間の潰《つぶ》しようがなかった。

ミッキーにとってはやけに長い時間。だけど、実際には五分やそこら。突然やんだシャワーの音でミッキーがビクッとすると同時に、バスルームのドアが開いた。

「お待たせ」

（――う…っ）

脱いだ衣類とメガネを手に、腰にタオルを巻いただけで出てきた修一の姿が、これまたこの後のコトを連想させる。

「キミも……」

「じゃ、俺もシャワーしてくっから！」

修一が言い終わる前に、ミッキーは叫ぶように言って、修一の横を擦《す》り抜《ぬ》けると、バスルームのドアを勢いよく閉ざした。それはまるで修一を締め出すような勢いではあったけれど、それにミッキーは気づいていない。

いつもよりゆっくりと服を脱いでから、シャワーに向かう。いつもよりぬるい温度でシャワーを浴びて、いつもより丁寧に身体を洗って――…。

（修一が俺のことでおばさんを怒ってくれたのは嬉しいけどさ。でも、あんなに怒ることだったかなぁ？　だって、おばさんの言ったこと、全部が間違ってた訳じゃないじゃん。だって、俺から告白したんだし、二の足踏んでる修一にヤりたがって迫りまくってたのも俺だし、こーゆうのって端からみたら誘惑してたってことになるんだろうし……）

修一の母に非難されていた時にはフリーズしていて働いていなかった脳みそから記憶を手繰《たぐ》り寄《よ》せ、なんとなく修一の母を弁護するようなことを考えてしまう。

（まぁ、さ。それで二の足踏みまくってた修一がヤる気になってくれたんだし、さ。これはおばさんに感謝。俺にとっては濡《ぬ》れ手《て》に粟《あわ》、棚から牡丹餅《ぼたもち》ってヤツ…なんだけど、さ）

Hの為のシャワーなんだから、その目的の為だけでいい筈《はず》なのに、ミッキーはいつもより丁寧に顔を洗って、いつもより丁寧に髪まで洗う。

――修一との初体験。一夏の経験。それは、ミッキーが喉《のど》から手が出るほど欲しかったものだ。欲しかったものの筈だ。だから、この期《ご》に及んでもミッキーは気づかなかった。

期待のドキドキに心が弾むよりも、ビクビクと身体《からだ》が竦《すく》んでるなんてことに……。いざとなってみたら、テンションが上がるどころか、妙に盛り下がっていること……そのテンションを無理矢理自分自身で上げようとして失敗しているなんて、気づけよう筈もなかった。

「遅かったね」

「そ…そりゃ、記念すべき初体験だかんね。気合い入れて磨《みが》かねーと……っと、あんまし時間取ると、延長料金とかヤバかった？」

「カラオケボックスじゃないんだから、十分や二十分で料金は変わらないよ。その辺のことはキイカードの自販機に書いてあっただろう？」

「あれ？　そーだっけ？」

「そうだよ」

ミッキーがシャワーを浴びている間、修一《しゅういち》はテレビを観《み》ながら時間を潰《つぶ》していたらしい。

しかし、ラブホテルでHチャンネルじゃなく普通の番組を観て時間を潰していたというあたりが修一らしい。それをからかおうとも思いつかなかったのは、修一がシャワーを浴び終わった直後と同様、衣類もメガネも身に着けていなかったからだ。

「修一、メガネは？」

「ん？　ああ、一応両目とも0.2はあるからね。普段の生活には裸眼《らがん》でもそこまで支障はないんだ。ただ、裸眼だと黒板の文字が見えないし、一度メガネにピントが合うと、裸眼に焦点が合うまで時間がかかるから、いつもメガネをかける癖《くせ》がついているんだけどね」

「でも、今、テレビ観てたじゃん？」

「キミとの初体験は、僕にとっても初体験なんだよ？　時間潰しのテレビより、キミに焦点を合わせておくのは当たり前じゃない？　メガネをかけたままじゃ……その……最中に邪魔…だと思うし……」

「あ…ああ、そっか……」

笑顔が引《ひ》き攣《つ》っているミッキーを修一はナチュラルに手招いた。

普段いくらぬらりひょんでも……いや、普段がぬらりひょんだからこそ、開き直った男は強い。

ミッキーの言う通り、既成事実《きせいじじつ》が母には最大の打撃だ。それを決行すると決めた時点では大量発生したアドレナリンで『既成事実作成』しか頭になかったが、シャワーを浴び、テレビで時間を潰しているうちに最低限の落ち着きが戻ってくれば欲が出てくる。ミッキーに『どうせやることなんだから』とさんざん言われてきたけれど、どうせやるんだったらしっかりバッチリ堪能《たんのう》したい。

だって、修一にとっても好きな人との初体験なんだから――…。

「僕も初めてで、その……上手《うま》く出来るかは自信がないんだけど……」

「べ、べ、別に、上手くやろうなんて思わなくて良《い》い…じゃん。お、お、俺は、好きだから修一と、そ、そ、そうなりたいだけ…なんだし…さ」

修一に倣《なら》い腰にタオルを巻いただけの姿でバスルームから出てきたミッキーは、修一が脱いだ衣類をカバンと並べて置いた妙に広いソファに殊更《ことさら》ゆっくりと自分が脱いだ衣類を置いてから、これまた超ゆっくりと修一の招きに応じた。

ベッドに腰掛けている修一の頭が、自分の胸と同じぐらいの位置にある。普段は身長差で見えない旋毛《つむじ》が目前にあるというなんでもないことに、なんとなく緊張感が高まる。いや、それよりもやっぱり、修一の目線が自分の胸とほとんど平行にあるということの方が気になる。

こないだの海でだって海パン姿で遊んでたんだし。男なんだから見せることにも見られることにも気になるようなもんじゃないんだし。今まではそんなのが気になったことなんてなかったんだけれど……。

「あ…っとさ、そーいやさ、この部屋ってカラオケついてんのな。お…おまけに、部屋の中にエロ本の自販機まであるなんて、俺、笑っちゃったよ。こ…こんなトコ来て、カラオケしたりエロ本買ったりする奴、いんのかね」

「ミッキー？」

「あ…っとさ、でもさ、学校帰りにこーゆうとこ来ちゃうのって、拙《まず》いんじゃねぇ？　お…おまけに、制服のまんまでさ」

「――もう部屋の中にいて、シャワーまで浴びちゃって、こうなってるのに、今更気にしても仕方ないだろう？」

妙なところが気になって、現実逃避のように唇がとんちんかんなことを紡《つむ》ぎだす。そんなミッキーに修一は吐息で微笑《ほほえ》むと、抱き寄せた腰から静かにタオルを奪い、抱き締めたままにベッドへと誘《いざな》った。

「わっ」

ベッドにコロンと転がされたミッキーを修一が優しい瞳で見下ろす。

「好きだよ、ミッキー。今まで待たせて、ごめんね」

そう、待たされていたのは自分だ。この行為をねだって、せがんで、駄々《だだ》を捏《こ》ねまくってき

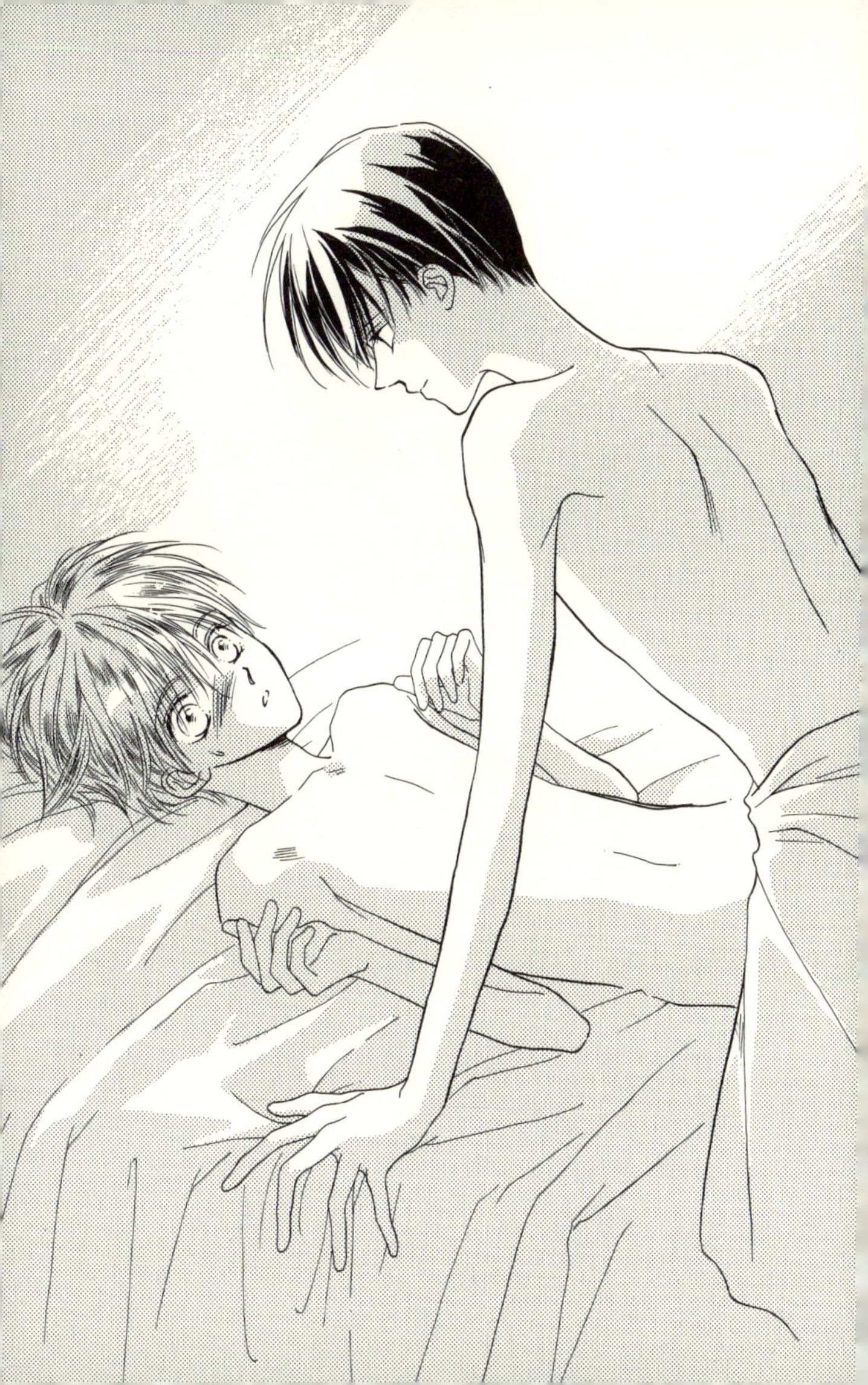

たのは自分だ。でも、そんなふうに謝られると困る。そんなふうに見られると……困る。

露《あらわ》になった肌。無防備に晒《さら》された股間。中学の修学旅行でみんなで風呂に入った時は、恥ずかしかったのは最初だけで、友達と一緒に風呂に入る楽しさに恥ずかしさなんてすぐに忘れた。これだって、楽しみにしていたことなんだから、始めてしまえば楽しさで恥ずかしさなんてすぐに忘れ…られるのか？　だって、これは、恥ずかしいだけとは何か違う気がする。いや、とにかく恥ずかしいんだけれど……。めっちゃ恥ずかしいんだけれど……。

「あ…あの、あのっ、そんなに見なくても……」

修一の視線から身体を……特に股間を隠すようにして身を捩《よじ》るミッキーに、けれど、修一は穏やかな仕草でそれを阻《はば》む。

「見たいんだ。男の子のこんなところを見てドキドキするなんて、自分でも信じられないけれど、初めて見るミッキーだから僕はしっかりと見ておきたい。僕って意外とスケベだったのかな？」

穏やかな表情と口調は、スケベとは程遠い。それどころか、いざ参ろうという男がこんなに穏やかで良いのかと言いたくなるぐらいだ。それに、好きだから見たいというのは至極《しごく》自然なことだと思う。そこを見てドキドキしてもらえるのは、彼に惚れている自分にとっても嬉しいことの筈《はず》で……。その筈で……。

未《いま》だタオルに隠されている修一のナニに、ミッキーだって興味がなかったじゃない。いや、はっきり言ってかなり興味があった。——少なくとも、いざこうなる前までは。それなのに、今は修一のナニへの興味なんて思いつきもしない。

「そ、そ、そーいえば、修一にもらった誕生日プレゼント！　い、い、いきなりこんなことになるとは思わなかったから、今日は持ってなくて、あの……」

「別にいいよ」

「で、で、でも、修一あれがないとって……」

「なんか、いざとなったらそういうのなしでミッキーと一つになりたいかな…って。それに、使うんだったら、バスローブと一緒に部屋に用意してあったのがあるし」

言いながら、修一の身体がミッキーに覆《おお》い被《かぶ》さってくる。密着する素肌。ダイレクトな体温。そして、首筋に触れてくる唇。

「あ、あ、あのさ、修一。そ、そ、そーいえば、ちゃんとヤり方知ってる？　お、お、俺、女をこますようなH本とかは、け…結構読んだことあるんだけどさ」

「僕はそういうのも読んだことないけど、好きな人と抱き合うのにマニュアルはいらないんじゃないかな？　したいと思うことをするのが、正しいやり方だと思うよ。ミッキーも上手くやろうと気負《きお》う必要はないって言ってくれたしね」

筆下《ふでお》ろししようとしている男とは思えない修一の冷静さ。しかし、こんな時に本当に冷静でいられる訳がない。

心が決まった段階で、行為への躊躇《ちゅうちょ》はなくなっていた。そうなれば最低限にも欲求には素直になってしまうものだけれど、心と下半身を切り離した行為ではないのだから暴走なんてしたくない。どんな不純な動機でこういうことになったにしても、大切な相手との初めての行為なのだから、可能な限りに慈《いつく》しみたい。ミッキーを大切に愛したい。

それが修一の表面的冷静さになっていただけだ。本当に冷静だったらこの段階でミッキーの様子にも気づいていただろう。そして、ミッキーが限界を越える前に挫折《ざせつ》ではなしに行為を中断していただろう。

だけど、修一だって内心ではテンションが上《あ》がっていた。頭にも腰にも血が上《のぼ》っていた。修一の顔がミッキーの肩口から離れ、ミッキーの顔へと下りてくる。修一の手が、ミッキーの身体のラインを確かめるようにやわらかく撫でてくる。それにミッキーの身体がピクリと震えた。

「すごく……好きだ」

メガネのない修一。いつもと同じ優しい修一なのに、そっと触れ合った唇から滑り込んできた舌が妙に熱い。口腔《こうこう》をくすぐる舌の動きが淫《みだ》らなぐらい執拗《しつよう》で、その時、ミッキーの寛骨《かんこつ》にタオル越しの修一の高まりが触れた。

――それがミッキーの限界だった。

「……痛…っ」

弾かれたように顔を上げた修一の口腔に鉄の臭いが広がる。しかし、痛みよりも驚愕が上回った。

「ミ…ミッキー？」

「う…う～…う～っ……」

自分の方がやりたがってたことなんだから、嫌だなんて言えなくて……。実際に嫌じゃないんだけれど、うっかりしたら嫌だと叫んで修一を押《お》し退《の》けてしまいそうで……。

何が限界だったのか自分でも解らないまま、ミッキーは『嫌』の言葉を発さない為に唇を噛《か》み締《し》め、修一を押し退けてしまいそうだった手で震えるほど強くシーツを握り締めていた。

「う…う～～～…っ……」

真《ま》っ直《す》ぐに修一に向けられた大きく見開いた双眸《そうぼう》から、大粒の涙がボロボロと零《こぼ》れている。

泣いている…という自覚はあるのだろうか？　自分が修一の舌を噛んだということには気づいているのだろうか？　ミッキーは固く噛み締めた唇に嗚咽《おえつ》までを飲み込んで、瞬《まばた》きすら忘れた揺れる青い瞳から涙をボロボロと零してひたすら唸《うな》る。そこにあるのは如実《にょじつ》な怯《おび》え。

「ミッキー、あの……」

修一は噛まれた舌の痛みも忘れてオロついた。

本格的にコトに及ぶ前に、まさかこんな展開になるとは想像だにしていなかった。

「修《しゅう》ちゃん、こんな時刻まで何処《どこ》に行ってたの!?」

帰宅した修一《しゅういち》を、母はそれこそ翻筋斗《もんどり》を打つ勢いで出迎えた。

「あ…あのね、昼間はお母さんも言い過ぎちゃったかもしれないけれど、でもね……」

反省の色を見せて口火を切ってみたところで、母が言いたいのは謝罪じゃないと解《わか》っている。

また、今の修一に母に付き合えるだけの気力はなかった。

修一は母を無視して自室に向かおうとした。しかし、修一が逃げ切るより早く母がそれに気づいて顔色を変える。

「ちょっと待ちなさい、修一！　あなた、この匂い……どこでお風呂になんて入ってきたの!?」

顔色を変えたということは、聞かなくても解ったのだろう。だったら、わざわざ聞かなくても良《い》いじゃないか。

萎《な》えていた気力が、八つ当たりへと摺《す》り替《か》わる。

「ラブホテル」

「修ちゃん!?」

「他に風呂入ってくるようなところって、ないだろう？」

反抗的な表情で冷たく言った修一に、母も今口にしたばかりの弁解などなかったもののように憤慨《ふんがい》する。

「ま…またマイケルくんが修一を誘惑したのね！　ラ…ラブホテルだなんて、高校生なのにそんな場所…っ!!　本人にもあれだけ言ったのに、ティアニーさんはどんな躾《しつけ》をなさってるのかしら！　もう一度、ちゃんと言っておかないと!!」

憤《いきどお》るが早いか、早々に電話に向かおうとする母に、修一は神経を逆撫《さかな》でされてカッとする。

その勢いで乱暴に母の手首を捉《とら》えた修一は、高ぶった感情と反比例した口調で言った。

「電話するなら、文句じゃなくてお詫《わ》びにしておいて」

「お詫びって、修ちゃん……」

「あの時の状況で、どうして母さんはミッキーが僕を誘惑したなんて思えるの？　僕がミッキーの手を摑《つか》んだんだ。僕がミッキーをラブホテルに連れて行ったんだよ？」

それだけ言えば充分だった筈《はず》だ。しかし、冷静な口調とは裏腹、修一の唇は母に最大の打撃を与えるべく暴走する。

「泣いて嫌がるミッキーを、押さえつけて、無理矢理……犯した。ミッキーをラブホテルに連れ込んで、レイプしたのは、僕、だ」

「修ちゃんっ!?」

「『うちの子に限って』なんて幻想は、いい加減にしてよ。僕だってあそこまでするつもりはなかったけど、母さんはミッキーにあんなこと言うし、いくとこまでいってしまわなければ認めてくれないだろう？」

「そ…そんな、あなた……！　み…認めませんよ、お母さんは‼」

「だったら、認めてくれなくても良いよ。ただ、あなたの息子が加害者だ。電話するにしろしないにしろ、それだけは忘れないで……」

「う…嘘でしょ、修ちゃん？　加害者とか、レイプとか、あ…あなたがそんなことする筈……」

「僕は何度もミッキーが好きだって言ったよね？　それなのに、ここまで追い詰めたのは母さんじゃないか」

「わ…私が悪いって言うの⁉　修ちゃんは自分の行動の責任も持てない子なのっ⁉」

「じゃあ、責任取るよ。ミッキーを傷物にした責任を取って結婚する」

「結婚なんてできる筈がないでしょっ！　英語も喋《しゃべ》れないアメリカ人のくせに、そんなところばかりうちの修一をアメリカナイズして……‼」

「だから、そうやってミッキーばかりを悪者にするのはやめてくれないかな？　それに、母さんはアメリカナイズって言うけど、ミッキーは結婚とか責任とかを求めてはいないよ。ただ純粋に僕を好いてくれているだけだ。それに、同性間の婚姻を認めてるのはアメリカばかりじゃない。母さんがそんな言い方をするなら、フランス国籍を取ってフランスで結婚しても良い」

「こ…高校生なのに……第一あなたは受験生なのに、何を馬鹿なことを言って……」

「言わせてるのは母さんじゃないの？」

母から手を離すと、修一はぞんざいに背を向けて、今度こそ自室へ向かった。

「今日の夕食はいらないから。レイプした時、ミッキーに思い切り舌を噛《か》まれたのが痛くて、食事なんてできそうにないからね」

背後で母が息を飲む気配がする。駄目押しの一言に、流石《さすが》に文句の言葉も失ったらしい。それどころか、卒倒寸前というところだろう。そんな母を振り返って確認する気にもならず、修一はいつもと同じ歩調で階段を上り、自室に入ると部屋の照明のスイッチを入れてからドアを後ろ手に閉めた。

母に対する初めての完全勝利。だけど、自嘲《じちょう》にも笑いは出てこない。

手にしていたカバンを机に放り出すと、修一は制服も着替えずにベッドへと転がった。

(フランス国籍を取って結婚なんて、いきなりそんなことできっこないじゃないか。僕がレイプなんて……できっこない)

それでも母へ与えた打撃は予測通りのもの。そう、既成事実《きせいじじつ》なんて実際には最初から必要なかった。既成事実なんてハッタリだけで充分。そんなことは解っていた。ラブホテルに行ったまでは切れた勢いだったけど、シャワーを浴び終わった頃には……違っていた。

（もうそうなっちゃっても良いかなって惰性《だせい》は前からあったけど、あの時は本当にミッキーとそうなりたいって思ったんだ）

それなのに、あんなふうに泣かれてしまうなんて――…。

『ミッキーがやりたがってたことなのに』とか、『あれだけしつこく既成事実を作りたがっていたのに』なんて恨み言は出てこなかった。それよりも、気づかなかった自分に愕然《がくぜん》とした。

ミッキーは幻想の範囲で性体験に騒いでいただけの子供だ。子供の幻想だからこそ、あれだけ躊躇《ためらい》なく大胆でライトにそれを求められたのだ。

あそこまで怯《おび》えさせなければ、それに気づけなかっただなんて……。ミッキーがどれだけ子供かは解っているつもりだったのに……。

（それでも僕としては、本当にミッキーとそうなりたかったんだ）

それなのに、泣いてるミッキーを宥《なだ》めて、結局、精力剤なんかと一緒に売ってるコイン投入式のミニバーで買ったジュースを飲んで、ミッキーが落ち着くまで待ってから帰ってきただけなんて、自分の情けなさに嘆いていいのか不運に嘆いていいのか判《わか》らない。ミッキーは修一を拒絶はしなかったけれど、泣いている相手を無理矢理に抱けるような性格じゃないし、あんな泣き方をされてしまったら無理矢理抱きたいと思っても無理だ。

――それでも……。

（僕はレイプしたいぐらいに抱きたかった。そんな感覚にさえついてこれないミッキーを、母

さんは最初から盛《さか》るだけしか能がないみたいな言い方で…っ)

ああ、また責任転嫁《せきにんてんか》だ。さっきだって、あそこまで母に責任転嫁する必要はなかった。レイプ発言に加えて舌を噛まれたなんてことまで、言う必要はなかった。

胸の奥でムズムズとした不愉快な感覚が蠢《うごめ》くのに、修一はベッドの上でゴロンと寝返りを打ってうつぶせると、両手で頭を抱え込んだ。

母に八つ当たりした自己嫌悪。けれど、母に対して今までのような良い子の態度ではいられない。

ミッキーへの不安。今日こんなことがあったのに、明日からどんな顔をして会えば良い？　それ以前に、会えるのか？

明日から……ミッキーは修一の教室に迎えには来ないだろう。今までだって修一からミッキーの教室に迎えに行ったことなど一度もないのに、こんなことがあった今日の明日でミッキーを教室に迎えに行く勇気なんてない。

いきなり両家の母親が犬猿《けんえん》の仲《なか》になって、学校でしか会えないのに……。そりゃ、今までだって家庭教師の時間を別にしたら、プライベートで会うことなんてほとんどなかったけれど……。デートなんて呼べるようなものはしたこともないけれど……。

(――まったく、母さんのお陰《かげ》で……)

修一は自己嫌悪したばかりの責任転嫁をまた繰り返して、一層ムズムズした不快感を育てる。

……だけど……。

理屈では対応できない感情を、他にどう処理して良いかも判らなかった。


(もうもう、なんだよ、俺？　なんなんだよ、俺〜っ⁉)

ミッキーは大きなクッションを抱えてベッドでゴロンゴロンと無意味な寝返りを何度も打つ。

(修一《しゅういち》がその気になってたんだぜ？　念願の初体験だったんだぜ？　それなのに……それなのに〜っ‼)

チャンスを逃《に》がしたことを惜しいと思うより、ホッとしている。ここでホッとしているってなんだよ？　ホッとしているのに、ホッとしていることに気分が悪いってなんだよ？　訳が解《わか》らない。自分でもまったく訳が解らない。

修一が好き。すごく好き。好きだからずっとそうなりたかったのに、あの時は……怖かった？　いや、怖いなんて具体的な感覚じゃなかった。だって、あくまで修一は優しかった。なのに……やっぱり、怖かった、のだろうか？　――よく解らない。

ただ、結果としてできなかった。自分が修一にさせなかった。修一を煽《あお》るだけ煽っておいて、修一の状態を触感で知っていながら、同じ男として残酷な中断のさせ方をした。そりゃ、やめろと言った訳じゃなかったけれど……。嫌だと言った訳でもなかったけれど……。

(泣いちゃって…たんだよなぁ。泣くなんて……泣いてるなんて思わなかったよなぁ。でも、俺、なんで泣いたりしたんだろ……?)

それが鬱々《うつうつ》とした気分に一層の拍車《はくしゃ》をかける。

修一に泣き顔を見せたのは、これで二度目だ。一度目に泣いた時のことも思い出して、ミッキーはズンドコまで落ち込みまくる。

気に入らないことがあったり、対応できない局面に出くわしたら泣いて済ませるなんて、女みたいだ。どーしょもなくなったら泣けば済むと思ってる女みたいな奴だと、修一は呆《あき》れただろうか?

女にそんな思い込みを持ってるあたりが、女すらまともに解ってない子供だ。そして、ミッキーが子供である部分は、女に対する認識に限ったことじゃない。しかし、自分が子供だという自覚さえないミッキーは、再び滲《にじ》みそうになった涙をグッと堪《こら》えて、ひたすらゴロンゴロンと寝返りを打つ。

(それでも俺は……修一が好き…なんだよォ)

今だって、修一とそうなりたい気持ちはある。でも、またそういうことになったら、今度こそ怯《ひる》まずにできるのだろうか? ちゃんと修一を受けとめられるのだろうか?

それは、肉体的な意味じゃなくて、むしろ精神的な問題だと思う。でも、何が精神的な問題なのだろう？　だって、好きなのに……こんなに好きなのに……。

「くっそ〜ぅ」

何に対して毒づいているのかも判断できない毒づきが音になった時、自室のドアが軽くノックされ、ジョンがひょこんと顔を出した。

「Mickey?」

「あ…あっ、ジョン？」

ギョッとしたように跳ね起きたミッキーに、ジョンは苦笑しながらドアを閉めると、ミッキーがいるベッドにゆっくりと歩みより、そこに腰を下ろした。

「ミッキー、どうしたの？　夕飯も食べに来なかったし、今日、学校から帰ってきてからおかしいよ？」

「そうそう、おまえ、明後日《あさって》帰るんだよな？　折角《せっかく》ホームステイしときながら、まったく日本語覚えなかったんじゃホームステイの意味も半減だけどさぁ」

ジョンなんかに弱みを見せて堪《たま》るものか…と脳みそが意地を張る前に、自分がラスベガスに行った時もまったく英語を覚えられなかったことなど棚に上げて、咄嗟《とっさ》に虚勢で誤魔化《ごまか》し笑いしたミッキーに、ジョンは小首を傾げる。

「何をそんなに引《ひ》き攣《つ》った笑い方してるの？　あ、もしかして、ミッキーがおかしいのって、学校で何かあったんじゃなくて、僕が明後日には帰っちゃうのが寂しいのかなぁ？」

「そ…そーいや修一が、おまえを空港に見送りに行けないのがどーとか言ってたぜ。まっ、サマンサがあんなだからさ。その辺は修一が薄情なんじゃなく、サマンサのせいだかんな。その辺はおまえも納得しておけよ」
〔シューイチ？　そういえばシューイチって、ミッキーのステディだったんだってね。僕、こないだユーカに聞くまで知らなかったからビックリしちゃったよォ。でも、日本って色々と大変なんだね〜……と、あれ？〕
ジョンは座り姿勢からいきなり身を返すと、ベッドに膝を上げながらミッキーに顔を近づけて鼻をクンクンさせる。
「な…なんだよ？」
〔ミッキー、シャンプーの匂い違う。それに、今日ってまだお風呂入ってなかったよね？〕
「だから、そんなにひっつくなってーの」
『男』という印象が兎角《とかく》希薄なジョンに、『男』を感じてビビるなんてことはないけど、修一とのことが尾を引いているのか、擦《す》り寄《よ》ってくる身体にミッキーは常になくうろたえた。それにジョンは、勝手に納得して相好《そうごう》を崩す。
〔あ、なるほど。なぁんだ、心配して損しちゃったよ。なんだなぁんだ、大変どころかしっかりヤることはヤっちゃってたりするんだぁ〕
「だから、ひっつくなっててんだろっ」

〔従兄弟《いとこ》同士なんだから、僕にバレたからってそんなに照れなくても良いじゃない？　それに、そーゆうのって恋人だったらあって当然でしょ？　シューイチはちょっと意外だけど、ミッキーってモロに快楽主義者っぽいしね。

あ、そーだ。僕ともやってみる？　ミッキー寂しがってたみたいだし、僕もそーゆうことやってみたーい♡〕

「お…おい！　ちょっとォ!?」

擦り寄っただけでなく、ニコニコしながら伸《の》し掛《か》かってこようとする能天気なジョンに、ミッキーの蟀谷《こめかみ》はプチッ。

「いい加減にしろっ!!」

「Ouch!!」

ミッキーはジョンの頬に思い切り拳《こぶし》をヒットさせた。

〔ふぇん、ふぃっきーればひろい……〕

「どあほうが！　何考えてんだ、ったく!!」

殴られた頬を押さえて涙目になりながらフガフガ言うジョンに、ミッキーは赤くなった拳をもう一方の手で撫でながらフンッと鼻を鳴らした。

（ったく、ったく、ったく!!）

でも、ジョンの馬鹿げた行動で、ビクビクはすっかり吹っ飛んだ。

（ま、今更悩んでたってしゃーないよな。あ…あんなことにはなっちゃったけど、俺はとにかく修一が好きなんだから……。それは変わらないんだから……）

ミッキーはイージーに結論を出した。

確かに、それは真理だ。しかし、ジョンへのビクビクが吹っ飛んだからって、修一に対して持ってしまったビクビクまでがなくなるものじゃない。

それでも……それでもミッキーは修一が好きだった。


「……え？」

「『え？』って、何驚いてるの？　恒例《こうれい》のお迎えじゃない。ねぇ、ミッキー」

「う…うん」

啞然《あぜん》とした表情をする修一《しゅういち》に、クラスメイトの少女は『何を今更』と呆《あき》れた顔をした後、苦笑でミッキーに同意を求めた。それにミッキーは頷いていたけれど……。

ほら、顔が引《ひ》き攣《つ》っているじゃないか。いつもみたいに、間近まで寄ってこないじゃないか。

それなのに、いつもと同じようにお迎え？　昨日《きのう》のことなんてなかったように？

――そうじゃない。昨日のことがあるから、顔を引き攣らせて傍《そば》まで寄ってこない。それなのに……それでも迎えに来たのか？

流石《さすが》に今日は会えないと思っていた。それはそれでホッとする反面、いつもは必ず迎えに来るミッキーが来なかったら、少なからずショックを受ける自分も予測していた。総《すべ》て受身で想定していた修一に、だけど、このパターンは想像していなかった。

唖然とミッキーを見つめている修一に、ミッキーは困ったように笑おうとして、また顔を引き攣らせる。

そんな二人の様子に、クラスメイトの少女までが眉間に皺《しわ》を寄せた。

「なんか変な感じね。昨日、ケンカでもしたの？　あ、でも、ケンカしたんだったらミッキーが迎えに来てる訳ないか。んじゃ、昨日、何があったの？」

「く…久美《くみ》ちゃん？　き…昨日って……昨日って……なんで、そんな……」

「だって、昨日迎えにきた時は普通だったのに、いきなりコレってのは、あの後に何かあったのかなって」

「な、な、何もないよ！　今日も昨日もこんなに仲良しだぜ、ほら!!」

思わぬ指摘を受けて、ミッキーは過剰反応で何もないことをアピールしようと修一の腕にしがみつこうとして失敗した。

指先が触れた途端、弾かれたように手を離し、それまでも引き攣っていた顔が今度は泣き出しそうになる。それは、クラスメイトの少女に確信を与えた。

「柳川くん……」

拙《まず》いことに突っ込んじゃった…という表情で修一に視線を向けた少女に、修一はようやく我に返ると、軽く嘆息《たんそく》してからミッキーのヒヨコ色の頭をクシャリと掻《か》き混《ま》ぜた。

「ケンカなんてしてないし、何もないよ。ほら、ミッキー、帰るんだろう？」

いつもと同じ笑みで言った修一に、少女は機会を得て、

「なら良かった。じゃ、ミッキーも、また明日ね」

と手を振りながら二人から離れていく。

そしてミッキーは、まだ泣きそうな顔で修一を見た後、そっと視線を外した。


いつもの帰り道。いつもと違う雰囲気。いつもよりほんの五センチばかり広い二人の距離。

(ポーカーフェイスは苦手…なんだけどな)

ミッキーの露骨《ろこつ》な反応のお陰《かげ》で、クラスメイトには自然な表情ができた。それが持続できてるなら、今もそこまでおかしな顔はしていないと思う。だけど、ミッキーに語りかける言葉が出てこない。一緒に帰っているのに黙り込んで黙々と歩くだけなんて、そんな不自然さからはさっさと逃《のが》れたいのに……。

必死に会話の切っ掛けを探して、けれど、昨日《きのう》の今日で何を話題にして良いかも解《わか》らないでいる修一《しゅういち》に、ミッキーがいきなり口を開いた。

「久美《くみ》ちゃん、絶対に変に思った…よなぁ。ごめん、俺、マズっちゃって……」

「あ…ああ、平気だよ。あれだけじゃ何があったかなんて気づけっこないからね」

「それだけじゃなくて、ごめん、俺……。泣くつもりなんかなかったし、ヤりたくなくなったなんて絶対なかったし、でも、俺が……その……」

「……ミッキー……」

「ああ、もう、何言ってんだかな、俺。昨日、家帰ってから色々考えてさ。今日、絶対大丈夫って思って学校行ったのに、なんか……なんなんだかなぁ……」

自分でも何をどう言ったら良いのか整理がつかないというのが丸見えのミッキーに、修一がフォローの言葉をつなげるより早く、ミッキーはそれまで以上に脈絡《みゃくらく》なく言った。

「……手…つないで良《い》い？」

「え？」

「やっぱ、ダメ…だよね？」

いつもは勝手に腕を組んでくるミッキーに、往来《おうらい》であることに修一がうろたえながら逃げるのがお決まりの展開。こんなふうに、事前に承諾を求められるなんて初めてだったけれど、いつもだったらやはり公共の場だからとOKはしなかっただろう。しかし、今日はいつもとは違

う。

俯《うつむ》いて歩きながら、顔も上げられないミッキー。元気がないというよりも、おとなしすぎるミッキー。第一、さっき教室で伸ばしてきた手は、弾《はじ》かれたように離したのに……。

五センチの距離を黙って縮めた修一は、黙ったままでミッキーの手を取った。修一の手の中、小さな手はピクッと震えてからおずおずと握り返してきた。

そして、ミッキーはまた脈絡なく言う。

「あのさ、修一、もう一度……行かない？」

「もう一度って……」

「……ラブホ……。あ…あのさ、今度は平気…かなって思うんだよ。その、昨日は突然だったから、それで……あの……。で…でもさ、色々考えたんだけどさ、やっぱ俺は修一が好きだから…さ。その……だからさ、ど…どーゆうことやるかってんじゃなくて、修一とはやっぱそーゆうことになりたいって思うのは嘘じゃないし……。だって……好きだから…さ……」

「ミッキー……」

「ごめん、上手《うま》く言えなくて……。でも、俺は修一のこと……好きなんだもん」

顔すら上げられないのに、握ってきている手はまた震えだしているのに、泣いてるような声《こわ》音《ね》で懸命に言ったミッキーはもう一言付け加えた。

「だって、俺……昨日はあんなで……。ごめん……でも……嫌われたくねぇんだもん」

――泣いているような声音どころか、もうベソはかいてるかもしれない。

ヤりたいと騒ぎまくって修一を困らせていたのはミッキーの方なのに、すっかり立場が逆転している。だけど、そんなことより、何度も『ごめん』を繰り返し、何度も『好き』を訴えて、『嫌われたくない』と添えた言葉がいじらしい。

幻想の範疇《はんちゅう》での性体験は辟易《へきえき》とするぐらいパワフルに求めてきていたミッキーが、今初めて興味じゃない意味でそれを口にしている。尻込《しりご》みしながら、それでも、こんなにまで一生懸命に、……健気《けなげ》に……。

修一の胸の中でモヤモヤしていた不愉快や不満や嫌悪などの負の感情が、形を変えてふと一つに固まった。

修一はミッキーの手を摑《つか》んだまま、ホテルへの道へと方向転換せずに帰路を進んだ。そして、別れ道のT字路でもその手を離さない。

「修一？」

ミッキーがようやく顔を上げた気配は感じたものの、修一は視線を返さずに真っ直ぐ前を見つめた。ベソをかいてるかどうかも、ミッキーの表情も、確認の必要はなかった。

ミッキーの手を引いて帰宅した修一《しゅういち》に『話がある』と言われ、こちらはこちらで昨日《きのう》の今日。修一の前でミッキーに門前払いを食わせることもできず、修一が話そうとしている内容への危惧《きぐ》にビクビクしながらも応接間に二人を通した母は、予想外の修一の告白に唖然《あぜん》と呟いた。

「……う……そ……？」

応接セットでテーブルを挟み、母と対峙《たいじ》した修一はコクリと頷いた。修一の隣に座らせられたミッキーは訳が解《わか》らなくて、身を小さくしながら柳川《やながわ》夫人と修一の交互に視線をチラチラと向けるしかない。

「昨日言ったことを、僕としては実行するつもりだった。だから、ラブホテルまでは行ったよ。でも、ミッキーが怯《おび》えて泣き出しちゃって……無理矢理になんてできなかった」

「しゅっ…修一？　そ…そんなこと、おばさんに言わなくても…っ」

「キミは黙っていて」

思わず口を挟んだミッキーを、修一は母に視線を据《す》えたままで制した。

「ミッキーは母さんが考えているような子じゃない。僕は誘惑なんてされてないし、ミッキーは男を誘惑できるほどスレた子じゃない」

天使《ミカエル》と同じ名を持つ悪魔だという自分の認識さえ間違っていた。そんな認識でいてすら惚れていた相手にあんな態度を見せられたら、有耶無耶《うやむや》になんて済ませたくない。その場しのぎの反抗や責任転嫁《せきにんてんか》の八つ当たりでは済ませられない。

守りたい…なんて、そんな自惚《うぬぼ》れた気持ちは逆に微塵《みじん》もなくなった。ただ、自分の問題でミッキーに負担や傷を負わせることはしたくない。それは恋する男の自尊心であり、それこそが一種の責任だった。

修一のレイプ発言に世を儚《はかな》むほどの打撃を受けていた母は、それが嘘であると知って安堵《あんど》すると同時に、それまでになく真剣な眼差《まなざ》しを突き刺すように向けてくる息子に固唾《かたず》を呑んだ。

「母さんの言ってたことは全部理解できる。僕も将来に無責任になる気は毛頭《もうとう》ないんだ。ただ……これは僕もなんて言ったら良《い》いのか解らないんだけど……。将来《みらい》が一つ一つ現在になっていく過程で、それ相応に分岐点《ぶんきてん》もあって、結婚とか子供とか、そういうものがもっと具体的になった頃にミッキーと今と同じ関係にいるかどうかは僕も判《わか》らない」

「修ちゃん？」

「修一!?」

ニュアンスを違えて、母とミッキーの疑問の音が重なった。それを拾わず、修一は言葉の先を続ける。

「世の中に絶対なんてないから…なんて言ったら、それこそ無責任に聞こえるだろうけど、それでも、今、とても好きな人がいるのに未来を疑うなんてできないよ。結婚とかそういうことの前に、別れるなんていう未来が想像できない。だって……恋ってそういうものじゃない？

僕だって……いや、母さんより当事者である僕の方が、男同士ってことには悩んだ。でも、何度も言ったけど、僕はどうしてもミッキーが好きなんだ。男同士であることに、僕はこれからもきっと堂々巡りで悩んだり迷ったりするんだと思う。好きなのに、好きだけじゃどうにもならないモラルに対する感覚があって、……それでも好きで……」

そこで修一は一度言葉を切ると、軽く深呼吸してから、切ない自嘲《じちょう》を表情に浮かべた。

「だって、ミッキーをこんなに好きな現在《いま》でさえ、逃げ出してしまいたくなるぐらいの後ろめたさが自分自身にあるんだよ？　世間とか、常識とか、そういうものの前でミッキーと別れてしまえば、このジレンマから抜けられる……楽になれるって考えたり、ね」

「それだったら、意地を張らずに別れてしまえば……」

「ねぇ、母さん。僕は何度もミッキーが好きだって言ったよね？　それで楽になれるかもしれないと思っても、現実に別れる気にはならないんだ。だからジレンマで、その上、自分自身が持っているのと同じ常識観《りくつ》で母さんに非難されるのは……腹立たしかった。僕のジレンマを母さんが理解してくれないだけじゃなく、自分と同じ常識観《ものさし》で咎《とが》められるのが居《い》た堪《たま》れなくて……。母さんに理解してもらえないのが、辛いとか悲しいとか思う前に……反発だけする方が簡単…だったんだ」

「……修ちゃん……」

「それこそが、僕の逃げだった。それは認めるし、反省もするよ。でも…っ！ ――男同士は男同士だから、それに対して協力的になってくれなんて、いくら親子だからってそんな図々《ずうずう》しい感覚を押し付けようとは思ってない。僕の恋愛感情を理解してくれなんてことも望んでない。ただ……僕は僕なりに考えて、悩んでもいるんだってことは、解ってほしい。

だって、そういうしんどさよりも、ミッキーを好きな気持ちが上だから、僕はミッキーと付き合ってる。世間も常識も忘れられないけど、僕は……現在《いま》のこの気持ちを捨てられないから……」

ひどく正直な……正直すぎる告白だった。その駄目押しが『現在の気持ちを大切にしたい』ではなく、『現在の気持ちを捨てられない』に凝縮されている。

親として、それでも強固に反対したい。それどころか、修一自身も解っていることだからこそ、改めて説得したい。しかし、同性との恋愛関係を認めてほしいという無理を望むのではなく、理解されない気持ちをそれでも真摯《しんし》に説明した息子に、昨日まで綴《つづ》ってきた説教と同じ言葉は吐けなかった。

沈黙する母に、修一はソファーからゆっくり腰を上げる。

「話、途中だけど、ミッキーを玄関まで送ってくる」

「え？」

口を挟む機会もなくて居心地悪そうに座っていたミッキーが唖然とした顔をするのに、修一は不安を苦笑にして言った。

「キミに聞いてほしかったのは、ここまでだから……」

修一の不安が的中したように、ミッキーも不安な視線を返す。

聞いてほしかったのはここまで…って、それをどう解釈すれば良いのだろう？　修一が語ったことはミッキーには散漫すぎて、何をポイントにすれば良いのか解らない。

それでも、この場でそれを問い詰めることもできず、ミッキーは無言で柳川夫人にペコリと頭を下げると、修一に送られて玄関へと向かった。

修一の真意を理解できない不安から、まるで引導《いんどう》を渡されたような雰囲気を見せるミッキーの背中を見つめて、柳川夫人は小さく嘆息《たんそく》する。

（――本当に…お馬鹿さんね）

恋人の前で、その交際を反対している母に同じ内容の話をするのなら、もっと格好《かっこう》をつけた言い回しはいくらでもできた筈《はず》だ。恋人を喜ばせる言い回しはいくらでもあっただろう。それなのに、修一は理解のない母を責めるどころか、恋人への裏切りにさえ値するほど、母の感覚に理解を示した。

話はまだ途中。これからが本番。それなのに、恋人に聞かせたかったのはここまでなんて、なんて不器用で誠実なのだろう？

（相手があの子だから、修一が辛い恋をしてるなんて思いつきもしなかったのよね）

世間に認められないどころか、隠すしかない辛い恋。けれど、相手がミッキーだからこそ、それは辛いなどという辛気臭《しんきくさ》さのない恋になっているのだろう。それに安堵するよりも誤魔化《ごまか》されて、世間と同じ意識でしか息子を見られなかったなんて……。

――母親…なのに……。

母親だからこそ、見えなかったとも言える。理解できないというより、理解したくなかったとも言える。それなのに、息子からあそこまでの理解を先に見せられてしまったら、そんな『母親だからこそ』の部分もベクトルを変えるしかないじゃないか。

思慮深い息子は、恋人を玄関から送り出して戻ってきたら、話の続きを『妥協《だきょう》』の方向に向けるのだろう。母に無理矢理認めさせるのではなく、どうしたら妥協してくれるのかを尋ねてくるのだろう。

人を思《おも》い遣《や》れる子だから、あれだけ好いた恋人に対して本当は母の『是認《ぜにん》』こそが欲しいのに、『妥協』すらを求めるよりも折り合わせてくるのだろう。二人の関係に理解がないどころか、自分《むすこ》の気持ちすら理解してくれない母を、そこでも真摯に受け止めながら、それでも恋人と別れることだけには首を縦に振らずに――…。

（だってね、息子の気持ちは解っても、男の子が恋人なんて認められませんよ）

そんなふうに思いながら、けれど、母としてそこまでの予測がついてしまっていたら、既に結果は出てしまっているも同じだ。

（まったく、夕香《ゆうか》と違って反抗期一つない子だったのに、……初めての反抗期がこれだなんて……）

あえてそんな考え方をした母は、改めてもう一度溜息《ためいき》をついた。

（まぁ、まだこのことをお父さんに話す前で良かったわ）


成田国際空港。学校帰りにサマンサとジョンに合流した修一《しゅういち》とミッキーは、途中駅で夕香《ゆうか》も拾って、第一ターミナル4Fの出発ロビーまでしっかりとお見送り。

「そういえば、今日、おじさんはどうしたんですか？」

「家族総出で空港まで見送りなんて大袈裟《おおげさ》にする必要はないって言って、相変らず研究室《ラボ》に籠《こも》ってるわ。家族総出ったって三人しかいないんだし、可愛《かわい》い甥《おい》っ子の見送りだっていうのに、結局、お気に入りの玩具《おもちゃ》から離れられない子供と一緒で今やってる研究に夢中なだけなのよ」

夕香の質問に、サマンサはアメリカンジェスチャーで双肩《そうけん》を竦《すく》めながら答えると、ふと微苦笑した。

「でも、正直言って夕香ちゃんと修一くんにもお見送りに来てもらえて嬉しいわ。二人にはジョンも色々と良くしてもらったのに、ちゃんとしたお別れもなしじゃ可哀相《かわいそう》だとは思ってたんだけど、あの状況だったし……。でも、あのクソ女から昨日《きのう》になっていきなり電話がくるとは思いもしなかったわ」

それに今度は修一が苦笑する。

「クソ女って……あの、お気持ちは解《わか》りますが、僕達の母なんで……」

「あ、あらあら、そうだったわね。まぁ、こないだ我家《うち》に乗り込んできた非礼への謝罪はもらった訳だし、向こうから頭下げられりゃ、こっちは元々修一くんも夕香ちゃんも気に入ってたんだから、頑《かたく》なに意地張ることもないしね。クソお……奥様は、修一くんとミッキーの付き合い自体を認める気はないみたいだけど」

それに、夕香と修一はそっと目線を交わす。

昨日の修一と母の話し合いは、途中から参入した夕香のフォローもあって、無難な収まりを見せた。

『お母さんは認めませんよ。それでも、どうしても別れたくないと言うのなら、世間様にだけは絶対に隠し通してちょうだい。マイケルくんがいくらアメリカ人でも、此処《ここ》はアメリカじゃないんですからね』

母のそんなセリフで終わった話し合いは望める限りで最大限の好結果だったし、サマンサに謝罪の電話まで入れてくれるなんて思いもしなかった。

　あれだけの非礼を犯すほどに怒っていたことだからこそ、サマンサに謝罪の電話を入れるのは母にとって勇気を振り絞るのみならず、プライドを折らなければならない屈辱感があっただろう。それでも、そこまでしてくれたというのは、修一の気持ちを理解してくれたということだし、『認めない』という言葉に反して充分すぎる容認だった。

　しかし、サマンサにはそういうファジーさが理解できないらしい。

「これで修一くんとミッキーの付き合いは今まで通りになる訳だし、だったら、認めてあげても良いのに……無駄に頑固よね〜。修一くん、お母さんの反対が辛くなったら、いつでも我家《うち》の子になっちゃいなさい。私はその辺、理解あるからね」

「え…ええ、僕達が今此処にいられること自体で、おばさんが理解のある人だっていうのは充分解りますよ」

　修一はさらりと流した。母を弁護したい気持ちはあったが、それはほとぼりが冷めた頃から追々《おいおい》とサマンサに説明した方が良い。何事にもタイミングというものがあるのだから……。

　そこで、ジョンと一緒に蚊帳《かや》の外にされていたミッキーが、不機嫌に口を挟んでくる。

「そんな話、もういいじゃん。さっさとこの馬鹿アメリカに追い返して、俺達も帰ろうぜー」

「馬鹿って、ミッキー……はは〜ん、ジョンにHなことされそうになったの、まだ根に持ってんだぁ」

「夕香ちゃん!?」

「姉さん!?」

驚くミッキーと修一に、夕香はニヤニヤ。

「さっき、電車の中で聞いちゃった♡」

「それじゃ、ジョンが頬っぺたに作ってる青痣《あおあざ》って、もしかして……」

「自業自得!!」

「従兄弟《いとこ》だけあって、ジョンもミッキー並にイージーな子だからね～」

「俺をこんな馬鹿と一緒にすんなっ!!」

イージーさでは人のことを言えない筈《はず》のサマンサが、母親であり叔母《おば》である立場を逸脱《いつだつ》した呟きを漏《も》らすのに、ミッキーはキーキーと怒る。そして、当のジョンは……ほとんど浅草で買い揃えた土産《みやげ》の玩具の刀や用途不明の提灯《ちょうちん》を嬉々として手荷物にしながら、訳が解らずにキヨトキヨトしている。

お見送りってことは、この場の主役はジョンである筈なのに…と、夕香と修一が気づいた頃には、そろそろ3Fゲートへの移動時刻。

「It was nice to see you. Good bye.」

「Take care. Good bye.」

「It will be a nice memory. Thank you.」

夕香と修一に頬へのキスで別れの挨拶《あいさつ》をしたジョンは、次いでサマンサに挨拶する。

「Many thanks for your kindness.」

「You're welcome.」

サマンサの頬にもキスして、ミッキーにも同じように挨拶しようとしたジョンは、思い切り頭をはたかれた。

「Ouch!」

「帰れ帰れ、バカバカバーカ」

ミッキーの頭を今度はサマンサの拳骨《げんこつ》が直撃。そんな様子も、ミッキーに叩かれたことも気にしたふうもなく、それどころか未練の一つも残さずに、ジョンはニコニコと手を振りながらエスカレーターを下っていった。

(あれ？　提灯はまだしも、いくら玩具だって刀はヤバイんじゃ……？　手荷物検査で引っ掛かる…わよねぇ？)

夕香がそれに気づいた時に修一も同じことに気づいたのだけれど、時既に遅し。背中すら見えなくなったジョンの数分後の悲運にも気づかず、サマンサはにこやかに言った。

「さて、それじゃみんなでお食事でもしてから帰りましょうか？　おばさんが奢《おご》っちゃう♡」

それに夕香は、

(ま、ジョンはもう行っちゃったんだし、気にしても仕方ないわね)

と苦笑でサマンサの申し出を受け、修一も姉に倣《なら》おうとしたのだけれど……。

「あ、俺、修一と二人で帰る」

「え？　ミッキー？」

疑問を唱《とな》える修一の腕を引っ張り、サマンサと夕香に会話が聞こえないだけの距離を取ると、ミッキーは上目遣いに切り出した。

「あの……ジョンとは何もなかったからな？」

「うん、解ってるよ」

自分とすらできなかったミッキーが、ジョンとはしてしまったなんて思いもしない。疑ってさえいなかったことを言われてもピンとこない修一に、ミッキーは一つ深呼吸。

「だから、リベンジ」

「は？」

「だって、俺、修一以外じゃ嫌だからさ。それに、昨日修一、おばさんに言ってたじゃん。俺と付き合ってることで後ろめたかったり、将来も俺と付き合ってるかどうか判《わか》らないぐらい逃げたくなったりするって……。

でも、俺は修一が好きなんだもん。将来も絶対に離したくねーんだもん。だから、ヤることヤって、責任取ってもらう。俺、修一だったら良い。今度こそ絶対にできる。だから……だから……帰りはラブホ行く！」

──あの話のどこをどう聞いたら、そういう意味になるのだろう？　しかし、修一の言葉を翻訳機《ほんやくき》にかけてしまったミッキーは、初めて『責任』までを求めて異常にマジだ。

どうやら、修一を一番理解していないのは、この恋人らしい。だけど、それにショックを受けるよりも、脱力するよりも、可愛いと感じてしまうのだから、この恋人を大切にするしかないだろう。

修一は優しい微笑《ほほえ》みでミッキーの頭を撫でた。

「慌《あわ》てなくて良いんだよ」

「で…でもっ」

「What's in a name? That which we call a rose by any other name would smell as sweet.……だったかな？」

「……あ……？　何、それ？」

「う～ん、ちょっとした比喩《ひゆ》のつもりだったんだけど、ズレてた？」

「じゃなくて、横文字なんて喋《しゃべ》られたって、俺、解らねーって」

それまでの話の流れをわざと外してるとしか思えない修一に、ミッキーは傷ついた瞳をしながらムッとする。

昨日の帰り道でもそうだったけど、今のミッキーは決死の覚悟で修一をホテルに誘っている。それは、それまでの浮かれて初体験を夢見る強引さとは似ても似つかないもので、修一にだってその真剣さとイコールの愛情は解っているけれど……。

「ジュリエットの有名なセリフだよ。シェークスピアの原書を読むようにアドバイスしたのに、キミはまだ読んでないんだね」

「だ…だって、そんな暇なかったじゃんよ」

「それじゃ、宿題。そーゆうリベンジよりも、まずは英語をなんとかしようね」

それまででさえ傷ついた瞳をしていたミッキーは、ここで本格的な傷心を表情に映す。

その表情に好きだから苛《いじ》める楽しさもあるのだと新鮮な気持ちで発見しながら、それでも、好きだから可哀相の気持ちの方が強い修一は、きっとこれからもミッキーに振り回されていくのだろうと覚悟を決めて、耳打ちと同時にそっとキス。

「僕はキミと別れないって最初から言ってたよね？　やらせてくれなくても君が好きだから、心配しなくても大丈夫」

「え……？　え⁇　ええっ⁉」

やらせてくれないって……やらせてくれないのは修一の方じゃないか。いや、それよりも、いくら耳打ちしてるとしか見えないようなカムフラージュをしてたとしたって！　いくら唇じゃなくて耳だったといったって！　修一がこんな公衆の面前でキスなんてっ‼

「ねぇ、本当に行かないの〜？」

「いや、行くよ」

夕香からかかった声に、訳が解らなくて真っ赤になってうろたえているミッキーの手を、今度は修一が摑《つか》み直す。

そりゃ、ずっと怯《ひる》んでいたのは修一の方だったけれど……。今では据《す》え膳《ぜん》を食いたくない訳じゃないけれど……。そういうことより、ミッキーを好きと思う気持ちが上なのだと気づいたから――……。

「待たせてごめん」

修一は謝罪には不似合いな晴れやかな笑顔で夕香とサマンサに言った。


『名前がなんだというの？　私達がバラと呼んでいる花は他のどんな名前で呼んでも、同じようにいい香りがするわ』

なんの無理をしなくても、好きになったのはミッキーだから……。

必要なのは付属品じゃないから……。

母へと正面から向き合ったあの日の言葉のポイントすら未だ理解できない恋人に、それを理解させるのはえらく根気《こんき》のいる作業になるだろう。それでも、できれば理解させるよりもミッキー自身に理解してほしい。

（それが理解できるぐらい大人になってくれたら、僕の我慢も必要なくなるんだけどね）

好きだから失いたくない一心で決死の覚悟をしてくれたのは嬉しいけれど、またあんなふうに泣かれたら堪《たま》らない。泣くまではいかなくても、無理になんてさせたくない。

――大切だから……待てるから……。

そして、今日もいつもの帰り道《デートコース》で、いつもの理不尽な攻防戦《こうぼうせん》。

「修一《しゅういち》だって、あん時はあんだけその気になってたのにな～。こんだけ毎日ラブホに誘ってるのにな～。俺ってば報われないじゃん」

決死の覚悟よりも、本来の目的を失って鳴かぬホトトギスを鳴かせようと意地になるようにHをねだるミッキーは……なんだか振り出しに戻ってる？

だから、修一は空《そら》っ惚《とぼ》けることでHを回避。

「仕方がないだろう、僕は受験生なんだよ？」

「言い訳になってない！」

ほっぺたを膨《ふく》らませて怒るミッキーに、それこそ言い訳らしい言い訳をするよりも、修一は優しく微笑《ほほえ》んだ。

今では、以前よりもミッキーの性格を理解しているつもりだ。内面とのギャップも、以前よりも解っているつもりだ。

その理解にゆっくりとでも良いから追《い》いついてきてほしい。Hのおねだりにうろたえるよりも余裕を持てるようになった自分に、少しずつで良いからミッキーも追いついてきてほしい。

子供っぽいというより子供そのままのミッキーは、それはそれで大好きなんだけど……。

「それで、宿題はやった？」

「なんだよ、それ？」

「シェークスピアの原書」

「あーっ、もう！　都合が悪くなるとすぐそうやって誤魔化《ごまか》してっ!!」

一層ブリブリと怒るミッキーに、修一は心の中でそっと呟いた。


――そうだね、いつかできたら良《い》いね。でも、やっぱり、できれば少しでも早くに…ね。

あとがき

篠野碧

はじめましての方も、こんにちはの方も、この本を手に取ってくださってありがとうございます。篠野碧です、どもっ♡

去年の秋にアメリカ旅行しました。その帰りの飛行機に笑顔がとってもチャーミングなスチュワードさんがいたですよ。金髪碧眼《きんぱつへきがん》で、すっごく日本語が上手《じょうず》で、外国人なまりが全然ない！ それどころか、乗客のおばさんに「日本語お上手ねぇ」と言われた時、「またまた、お世辞《せじ》言っちゃって〜」と手首にスナップをきかせて応《こた》えたという見事っぷり!!

キミは本当に外人か？ 金髪碧眼なのに本当に外人か？ でも、御両親のどちらかが日本人だったら、金髪碧眼にはならない…わよね？ あれ?? 私から見たら顔立ちも外人さんとしか思えなかったのですが、日本人とのハーフだったのかなぁ？

まぁ、とにもかくにも、帰りの飛行機の中ではこのスチュワードさんが元になって一緒に旅行していたみずき健ちゃんと大盛り上がり。

「金髪碧眼で日本語しか喋《しゃべ》れない男の子って可愛《かわい》いよね〜」

「いっそのこと関西弁バリバリの金髪碧眼！」

「英語喋れないから、アメリカ人なのにアメリカ苦手でさ。アメリカで好きなのはチェリーの加工品が多いとこだけなの」

「普通日本人でもその年代じゃ知らないだろってことにやけに詳しかったりしてね」

――そんな会話からミッキーが生まれて、このお話の元が出来ました。関西弁とか、チェリー云々《うんぬん》とか、ほとんどの設定は使えずじまいでしたが……。


そして、いざプロットに入って再認識。私、キャラクターの名前を決めるのって苦手です。他にも苦手なことは一杯ありますが、このお話でキャラの名前決めが苦手なのは周知のこととなってしまいました。

切《き》っ掛《か》けは、『柳川修一《やながわしゅういち》』。

赤ちゃんの名づけ辞典を引っ繰り返してのたうった後、病院名とマッチする苗字をくっつけて『柳川修一』という名前に決めたのですが、作品を書き出す直前に友人の名前と一文字違いだったとうっかりと気づいてしまったんです。

『だから僕は溜息をつく』の飯島貴生《いいじまたかお》もえらく友人の名前に似ていたんですが……。飯島智《さとる》もその友人の妹さんの名前にえっらく似てたのですが……。こちらは作品が世に出てから指摘されて気づいたからまだ良かったんです。でも、今回は書き出す前に自分で気づいてしまったもので……。

影響受けちゃいました☆　その友人は修一みたくへなちょこではないですが、睫毛《まつげ》がメガネのワイパーになってしまうとことか、色々。名前のイメージにキャラクターが引《ひ》き摺《ず》られてしまう私は、意識的に友人の名前を使うのを避けているのですが、結局こーゆうことになってしまうあたり、どーにも発想が貧困らしいです。

ミッキー…っていうか、マイケルとジョンも、

「中学校の英語の教科書みたいな名前だね」

「……犬？」

とか、色々と言われてしまいました。

サマンサとジョージも、解《わか》る人には解る名前ですし……。

とほほ☆

そういえば、『リゾラバ』って外来語だったんですね。造語《ぞうご》だと思っていたんですが、ある日、現代用語の基礎知識と戯《たわむ》れていて、初めて『リゾラバ』が外来語だったと知りました。自分でタイトルに使っておきながら……。

【リゾラバ（resort lover）〈外来語年鑑一九九八年〉――リゾート地の恋人。ちょっと火遊びを楽しむためにリゾート地で見つける相手。】

語源は解っていたので、前者の意味で使ったのですが……。

て……てへっ☆

んと、最後に……。

今回も挿絵《さしえ》をしてくれたみずき健ちゃん、どもありがちょー♡　アメリカ旅行の時もお世話になりました。

担当さん、編集部の皆様、いつもお世話をかけてて申し訳ありません。これからも宜《よろ》しくご指導ご鞭撻《べんたつ》のほど、よろしくお願いします。

そして、誰よりも、今、この本を読んでくださってるあなたへ――……。

どうもありがとうございます。少しでも楽しんでいただけたなら嬉しいです。まだまだ未熟者ですが、少しずつでも精進《しょうじん》しますので、どうかこれからも宜しくお願い致します。

二〇〇〇年　文月　篠野碧

神風
卓袱台
ジョンって
変な漢字Tシャツ
好きそうだよね…
今回1番楽しく描いたのは
口絵のロミ・ジュリかな…♪ミ
ド
ド

リゾラバで行こう!《リゾラバでいこう!》

この本を読んでのご意見、ご感想などをお寄せください。
篠野 碧先生・みずき健先生へのはげましのおたよりもお待ちしております。
〒113-0024 東京都文京区西片2-19-18 新書館
[編集部へのご意見・ご感想] ディアプラス編集部「リゾラバで行こう!」係
[先生方へのおたより] ディアプラス編集部気付 ○○先生

初出一覧
リゾラバで行こう!:小説DEAR+ Vol.4 (2000)
ロミジュリで行こう!:書き下ろし

新書館ディアプラス文庫

著者:**篠野 碧** [ささや・みどり]
初版発行:**2000年 8月25日**

発行所:**株式会社新書館**
[編集] 〒113-0024 東京都文京区西片 2-19-18 電話(03)3811-2631
[営業] 〒174-0043 東京都板橋区坂下 1-22-14 電話(03)5970-3840
印刷・製本:**図書印刷株式会社**

定価はカバーに表示してあります。乱丁・落丁本はお取替えいたします。
ISBN4-403-52031-6